KB114745

FUSION FANTASTIC STORY

김대산 장편소설

완빤치

완빤치 4

김대산 장편소설

초판 1쇄 찍은 날 § 2016년 7월 19일
초판 1쇄 펴낸 날 § 2016년 7월 26일

지은이 § 김대산
펴낸이 § 서경석

편집책임 § 고승진

펴낸곳 § 도서출판 청어람
등록번호 § 제387-1999-000006호
등록일자 § 1999. 5. 31
어람번호 § 제1-2489호

주소 § 경기도 부천시 원미구 부일로 483번길 40 서경B/D 3F (우) 14640
전화 § 032-656-4452 팩스 § 032-656-4453
http://www.chungeoram.com
E-mail § chungeorambook@daum.net

ISBN 979-11-04-90900-9 04810
ISBN 979-11-04-90822-4 (세트)

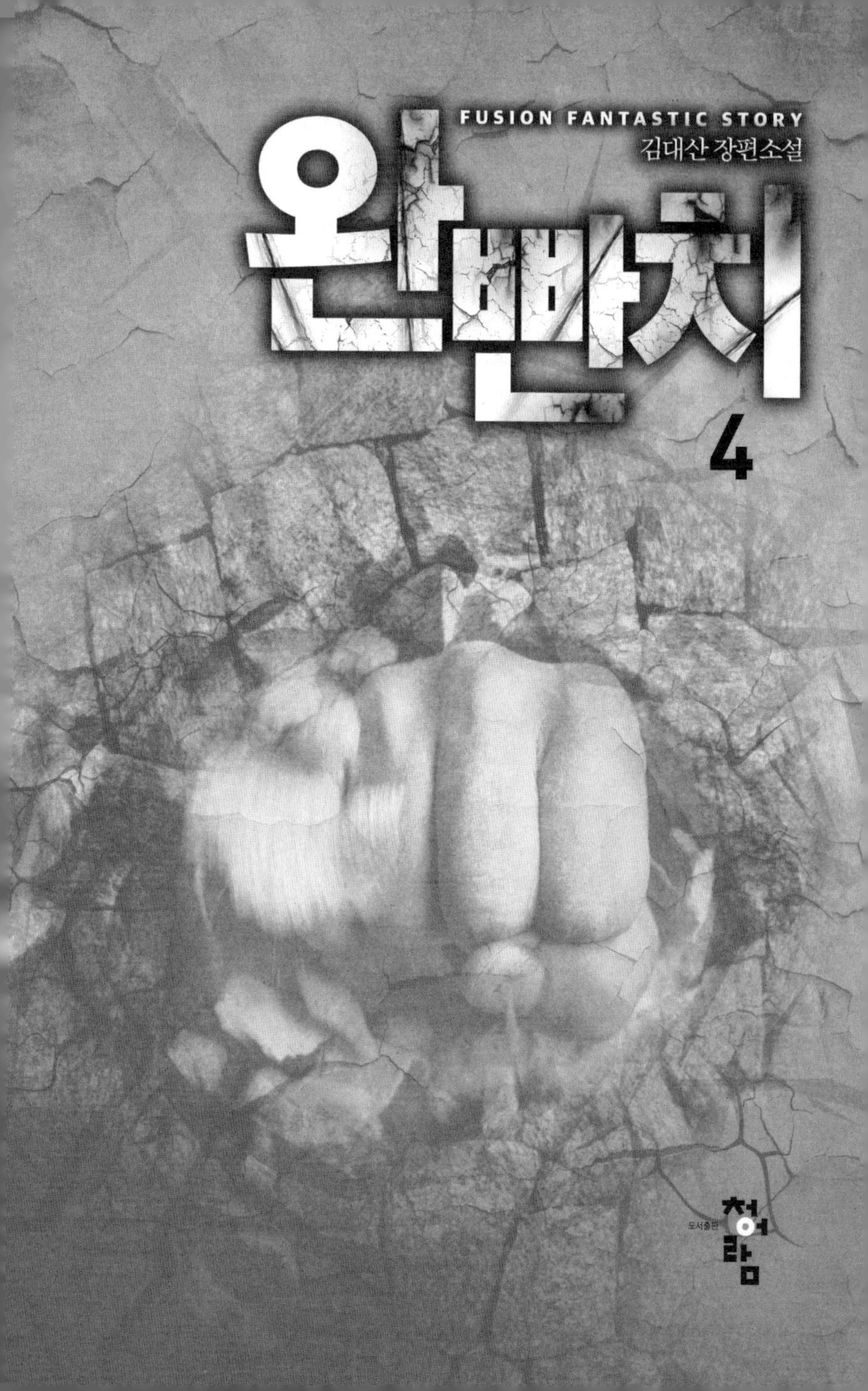
FUSION FANTASTIC STORY
김대산 장편소설
완빤치
4
도서출판 청어람

CONTENTS

제10장

헛짓

더 먹으라고 퍼 줄 때는 언제고?

철민은 치미는 요의(尿意) 때문에라도 잠에서 깨지 않을 수
없었다.

커튼 사이로 보이는 창밖은 아직 어둡다. 휴대폰 액정의 시
간은 5시, 새벽이다.

과음 탓이겠지만 머리가 조금 지끈거리고 몸은 영 찌뿌드
드하다.

화장실을 다녀와 냉장고에서 생수 한 병을 꺼내 병째로 벌

컥거리며 비워 내고, 다시 침대로 돌아와 누운 채 그는 자연스럽게 '깨꿈'에 든다. 그에게 깨꿈은 이제 제법 익숙하다. 마치 습관이라도 된 것처럼!

그 한 마리 '새끼 황금 뱀'은 여전히 작고 가늘었지만, 그래도 처음에 비하면 사뭇 커진 느낌이어서 그는 녀석에게서 '새끼'라는 수식을 떼 주기로 했다.

녀석이 서서히 몸 구석구석을 돌기 시작한다. 그 지나가는 경로를 따라 맑고 상큼한 기운들이 일어난다. 탁했던 머리가 조금씩 맑아진다.

철민은 천천히 깨꿈에서 벗어났다.

얼마나 시간이 지났을까? 시간을 보니 7시다. 잠깐이었다고 여겨질 뿐인데, 근 두 시간이 훌쩍 흘러가 버린 것이다.

머리는 맑았고 몸에는 활기가 느껴졌지만 문득 허기가 진다.

그는 황유나를 깨우려고 휴대폰을 만지작거리다가는 그만둔다. 다문 한 시간이라도 더 자게 두기로 했다. 어젯밤에 그렇게 마셔 댔으니!

그런데 그때였다.

부르르~!

휴대폰에 진동이 왔다.

—일어났어?

황유나다. 목소리가 갈라진 걸 보니, 그녀는 이제 막 깨서 곧바로 전화부터 한 모양이다.

"웅! 방금!"

—씻었어?

"아니……!"

—그럼 씻고 30분 뒤에 만나! 아침 먹어야지!

복도에서 만난 황유나의 모습은 철민에게 좀 낯설어 보인다. 푸석푸석해진 얼굴이야 그렇다고 쳐도, 그것을 커버하려는지 어제보다 한층 더 짙어진 화장에 대해서는 약간의 못마땅함까지 느껴졌다.

"왜?"

철민이 잠시 멀뚱히 보고 있는데 대해 겸연쩍었던지, 그녀가 슬쩍 흘겨보며 물었다.

"어? 아… 그냥……!"

"그냥, 뭐?"

"그냥… 넌 화장 안 한 얼굴이 더 보기 좋더라!"

말끝에 철민은 곧바로 당황하고 말았다. 엉뚱한 말을 뱉고만 것이다. 그가 언제 그녀의 화장 안 한 얼굴을 보기라도 했단 말인가?

"뭐……?"

역시나 그녀로부터는 매서운 반응이 돌아왔다. 철민이 저도 모르게 움찔하고 마는데, 그녀는 웬일로 다시 배시시 웃음을 지어낸다.

"여자가 사회생활 하는데 화장은 예의지! 하지만 화장 안한 얼굴이 더 보기 좋다면 뭐, 앞으로 참고는 해볼게!"

그러더니 그녀는 성큼 앞장을 선다.

"어… 속 쓰리다! 얼른 가서 뜨끈한 국물이라도 좀 먹자!"

괜히 털털한 체하는 그녀를 보며, 철민은 왠지 뿌듯한 기분이 들었다.

마침 모텔에서 얼마 떨어지지 않은 곳에 해장국집이 한 군데 있었다. 주문을 하자 금세 김이 펄펄 나는 뚝배기 해장국 두 그릇이 나왔다.

철민이 허기가 졌던 참이라 뚝배기에다 공깃밥을 턱 붓는다.

황유나가 또한 철민을 따라 한다.

철민이 곧장 숟가락을 놀린다. 그런데 허겁지겁 몇 숟가락을 입에 퍼 넣다가 문득 보니 황유나가 먹지는 않고 멀거니 그를 쳐다보고만 있었다.

"왜, 입에 안 맞아?"

"아니! 나 원래 아침 잘 안 먹어! 내 거 좀 덜어 줄까?"

"됐어!"

"입도 안 댄 거야!"

"누가 입 댔다고 그런다냐?"

"그럼 왜? 모자라 보이는데……!"

철민이 설핏 실소하고 만다. 어째 대화의 레퍼토리가 어제 설렁탕집에서와 비슷하지 않은가?

그러는 사이 황유나는 철민의 뚝배기를 당겨가서는 제 그릇의 국밥을 숟가락으로 푹푹 퍼 철민의 그릇으로 옮겨 담는다.

철민은 그저 지켜보고만 있다. 어떻게 하랴, 그녀의 고집을?

본래의 양보다 한참이나 많아진 뚝배기를 다시 당겨 놓고 철민이 막 한 숟가락을 뜨려 할 때였다.

진동이 울린 모양인지 휴대폰을 꺼내 확인하던 황유나가 퍼뜩 놀라는 기색이 된다.

"어머……!"

"왜?"

"형사대가 벌써 출동했다네? 안산으로 간다는데, 원곡동 주민 센터 근처에 와서 다시 연락하래!"

"원곡동 주민 센터라고? 안산이 어느 쪽에 붙었는지도 모르는 판에, 거길 어떻게 찾아?"

철민은 걱정부터 늘어놓는다.

황유나는 못 들은 체하며 자리를 털고 일어난다.

"일단 가보자!"

그에 철민은 들고 있던 숟가락을 내려놓을 수밖에 없었다.

"야! 더 먹으라고 퍼 줄 때는 언제고⋯⋯?"

황유나는 괜히 뱉어 보는 철민의 투덜거림에는 신경도 쓰지 않고 서둘러 계산대 쪽으로 간다.

산통 깨지 말고, 죽은 듯이 있을 것!

어디가 어딘지 도통 방향 감각조차 없으니, 철민이 오로지 내비에만 기댄 채 안산으로 넘어갔다. 그리고 다시 얼마간을 헤맨 끝에, 겨우 원곡동 주민 센터에 당도할 수 있었다.

황유나가 문자를 보냈는데, 잠시 후 답이 왔다.

"좀 기다리고 있으라는데?"

황유나는 언뜻 당혹스럽다는 빛이었다.

철민이 짐작해보건대, 아마도 저쪽에서 사뭇 깐깐하게 굴든지, 아니면 틱틱거리는 모양이다. 하긴, 그녀에게 이미 들었던 얘기로 대강의 앞뒤 사정을 짐작하지 못할 것도 아니었으니, 방송사의 파워 내지는 연줄로 경찰의 윗선에 우선의 협조를 얻어냈다고는 해도 긴박한 수사 현장에 방송사 기자를, 그것도 초보 티가 팍팍 나는 신참 여기자를 달고 다니는 것에 대해, 산전수전 다 겪었을 형사들이 달가워할 리 없을 터였다.

철민은 내심 쓴웃음을 짓고 말았다. 황유나가 설핏 풀 죽은 기색인 데 대해! 당돌하고도 고집 센 그녀의 평소 모습과는 확연히 대비되는 것이기에!

두 사람은 무작정 기다리고 있었다.

30분이 후딱 지나간다.

그리고 한 시간이 되자, 철민은 슬슬 짜증이 나기 시작한다. 그러나 내내 초조해하고 있는 황유나 앞에서 짜증을 부릴 수는 없는 노릇이다.

이윽고 두 시간째! 철민이 더는 참기 어려워 황유나에게 한마디 하려는데, 그녀의 휴대폰에서 부르르! 진동이 울린다.

[차량 잠복 중! 절대 주의! 절대 거리 유지!]

한 줄의 주소와 함께 찍힌 메시지 내용이다.

'절대'가 두 번이나 붙은 만큼, 잠복 중이니 방해 안 되게 멀찌감치 떨어져 있으라고 강하게 주의를 주는 것일 터였다.

'이래 가지고 퍽이나 취재가 되겠다!'

철민은 그런 생각이 들었지만, 벌써부터 잔뜩 긴장한 기색이 역력한 황유나 앞에서 조금이라도 내색할 수는 없었다.

메시지로 온 주소를 입력하고 대략 3㎞ 정도를 이동하자, 목적지 부근에 도착했다고 '내비 양'이 호들갑을 떨어댄다. 어느 주택가의 골목이었다. 골목은 한낮인데도 양편으로 빽빽하게 주차되어 있는 차량들로 인해 차 한 대가 겨우 지나다닐 정도로 좁고 복잡하다.

철민이 조심조심 어정쩡하게 차를 몰아 나갈 때였다.

부르르~!

진동과 함께 황유나의 휴대폰에 다시 문자 한 통이 날아왔다.

[산통 깨지 말고, 아무 데나 차 박아놓고 죽은 듯이 있을 것!]

숫제 명령이었다. 사뭇 거칠기까지 한 느낌의!

어쨌거나, 그렇다면 잠복 중인 형사들이 바로 주변 어딘가에 있어서 지금 이 두 사람을 보고 있다는 얘기가 아닌가? 하지만 어떻게? 어떻게 철민의 차를 알아본 것이며, 또 어떻게 그 안에 황유나가 함께 타고 있다는 걸 안 것일까?

그때 마침 철민이 저 앞쪽 오른쪽 담벼락에 딱 차 한 대 주차할 만큼의 공간이 빈 것을 발견하고는, 누가 새치기라도 할까 싶어 급하게 가속페달을 밟는다. 서투른 실력 탓에 서너 번의 전후진 끝에야 겨우 차를 대고 나서, 철민은 안도의 한숨을 내쉴 새도 없이 재빨리 주변을 살핀다. 그러나 형사들이 어디쯤에 잠복하고 있는지는 도무지 짐작조차 할 수가 없다. 하긴, 그가 쉽게 찾을 수 있는 정도라면, 그건 또 잠복이라고 할 수 없는 것이겠지만!

그때였다. 그들로부터 앞쪽으로 30미터쯤 떨어진 곳에 주차된 구형 봉고차의 운전석 창밖으로 손 하나가 슬쩍 빠져나오더니, 두어 번 가볍게 손짓을 하고는 다시 창 안으로 사라진다.

"저 차다!"

황유나가 나직이 외쳤다.

철민 역시도 직감적으로 그런 것 같다.

황유나는 곧장 분주해진다. 소형 비디오카메라가 설치되어 있다는 손지갑을 차량 앞 유리 하단부에다 밀착 고정시키고, 다시 핸드백에서 카메라 한 대를 꺼내더니 아마도 망원렌즈이지 싶은 장치를 장착시킨다.

그런 장비들과 또 그것들을 다루는 제법 능숙해 보이는 손놀림에서 철민은, 그녀가 방송사 기자라는 사실이 새삼 실감되는 듯했다.

시간은 벌써 오후 2시를 훌쩍 넘기고 있었다. 철민은 슬슬 배가 고파졌다. 아침도 제대로 먹지 못한 데다, 점심시간마저 훌쩍 넘기고 있었다.

그런데 그동안 형사들은 전혀 움직임이 없었다.

"배 안 고파? 나가서 먹을 것 좀 사 올까?"

철민이 슬쩍 던졌다.

"안 돼!"

황유나는 대번에 쌀쌀맞게 말을 끊어 버렸다.

"왜~ 에?"

슬그머니 반발이 생기는지 철민의 말끝이 저절로 올라갔다.

황유나가 흘깃 흘겨보며 여전히 찹찹하게 받는다.

"언제 무슨 상황이 생길지 모르잖아!"

'상황이 생기면, 기자인 지가 알아서 하면 될 일이지!'

하는 투덜거림이 목구멍까지 올라왔지만, 차마 밖으로 뱉지는 못했다.

다시 시간만 죽어나간다.

좁은 차 안에 꼼짝없이 갇힌 채 기약도 없이 무슨 일이 생기기만 마냥 기다리고 있는 건, 정말로 견디기 어려운 노릇이다. 더욱이 대화 한마디 없이!

황유나는 꼼짝도 하지 않고 내내 전방만 주시하고 있다. 손에 꼭 쥐고 있는 카메라의 셔터를 언제라도 누를 태세로!

그러나 골목 안은 태평하기만 하다. 마치 모니터의 정지 화면을 보는 것과 같이.

무료한 시간만 계속 죽어나간다.

철민은 문득 요의를 느꼈다. 그러나 형사들과 황유나가 꼼짝도 하지 않고 있으면서 여전히 살얼음판 같은 긴장감을 만들고 있는 판이라, 오줌 누러 나갔다 오겠다는 말을 꺼낼 수 없는 형편이었다.

'다들 오줌도 안 누나?'

괜한 항변이 생기기도 했지만, 아직까지 못 참을 정도는 아니라 철민은 참는 데까지는 참아보자 하는 각오로 요의를 누르고 있었다.

그런데 그때였다. 앞쪽 그 봉고차의 문이 조심스럽게 열린다. 그리고 땅딸막한 체구의 사내 하나가 밖으로 나온다. 형사일 그 사내는 재빠르게 주변을 한번 살피고는 마치 행인인 것처럼 태연스럽게 앞쪽을 향해 걸어간다. 그러더니 조금 더 앞쪽에서 왼쪽으로 꺾어지는 샛길로 재빨리 사라진다.

'오줌 누러?'

철민은 설핏 그런 짐작을 해본다. 순간 누르고 있던 요의가 용수철처럼 튀어 오른다.

'제기랄!'

그런데 그때, 샛길로 사라졌던 그 형사가 돌연히 골목의 훨씬 앞쪽에서 불쑥 나타나더니, 설렁설렁 이쪽을 향해 걸어왔다. 아마도 샛길로 돌아 골목의 훨씬 앞쪽으로 갔다가 다시 이쪽으로 되짚어 오는 것 같았다.

철민은 그 형사가 표시가 나지 않도록 주의하는 중에도, 유독 한 지점에다 의미 있는 시선을 힐끔힐끔 주고 있다는 사실을 눈치챈다. 그것은 그가 벌써 몇 시간째 집중하고 있었기에 가능한 일일 것이다. 골목 오른쪽에 있는 이층집이었다. 붉은 벽돌 건물에 작은 앞마당이 딸린 그 집이야말로 바로 형사들이 목표로 하고 있는 곳이리라.

철민은 긴장했다. 요의마저 잊을 정도로!

황유나도 철민의 긴장을 알아챈 듯하다. 그리고 전이라도 된 듯 그보다 더 '초긴장 모드'가 된다.

그러나 다시 한동안 그 붉은 벽돌의 이층집을 중심으로 해서는 아무런 변화도 일어나지 않았고, 골목에는 다시금 태평스럽고 무료함만 이어진다.

어느새 철민은 깜빡깜빡 졸기 시작한다. 여전히 긴장을 놓치지 않고 있는 황유나 때문에라도 억지로 졸음을 참아 보지만, 항우장사라도 자기 눈까풀은 못 든다고 하였던가? 한순간 그는 저도 모르게 잠에 빠져들고 말았다.

"일어나 봐!"

어깨를 흔들며 깨우는 손길에 철민은 퍼뜩 눈을 떴다.

"응……?"

창밖이 어둑어둑하게 변해 있다. 시간을 보니 어느새 6시가 다 되어가고 있는 중이다. 이렇게나 깊이 잠들고 말았다니! 철민은 황유나에게 미안한 마음이 들었다.

"점심도 못 먹었는데, 우리 뭣 좀 먹어야 하지 않을까?"

황유나가 나직이 물었다.

그리고 그 순간 철민은 갑자기 굉장한 고통을 느꼈다. 문득 치밀어 오른 그것은, 참을 수 없을 만큼의 강렬한 요의였다. 터질 듯한 단계를 넘어서서 아예 끊어지고 말 듯한!

"내가 나가서 사가지고 올게!"

철민이 급하게 차 문을 열려는데, 황유나도 얼른 따라나설 채비를 했다.

"아냐! 같이 가!"

"응?"

"너한테 맡겨 놓으면 아무렇게나 대충 사 올 거 같아서 말이야!"

이건 또 뭔 트집인가? 사뭇 결연한 각오로 꼼짝도 하지 않고 상황을 지켜보고 있겠다는 듯이 할 때는 또 언제이고? 하긴, 그녀의 결연함도 이윽고 퇴색될 때가 되긴 했다. 예전에 어느 방송에선가 형사들의 애환을 다루면서 잠복 열 번 중 아홉 번은 허탕이라고 하던 것을 철민이 본 적도 있거니와, 이번 역시 하루 종일 공을 치고 이미 저녁이 되어버렸으니, 형사들도 어느 정도 포기 하는 분위기가 되지 않았겠는가? 그리고 황유나가 왠지 좀 어색하고, 또 조금은 서두르는 분위기라는 데서 철민은, 그녀에게 또 다른 급한 용무가 있으리라는 짐작도 슬쩍 해보았다. 아무리 공주(?)라고 해도 그런 용무에 있어서야 남다를 수는 없을 테니 말이다.

어쨌거나, 둘은 서둘러 차에서 내린다. 그러곤 차들 뒤로 숨듯이 하여 가까운 샛길로 이동한다. 형사들이 볼까 봐 조심스러웠다. 죄지은 것도 없이 괜히 말이다.

한 블록을 지나 도로변까지 가서야 작은 편의점이 하나 나왔는데, 편의점으로 들어가자마자 철민은 우선 화장실이 어디 있는지부터 물었다. 그러나 편의점 뒤쪽 주택의 화장실을 이용하라는 종업원의 말에 먼저 움직인 것은 황유나였다. 서로 민망함을 피하기 위해서라도 철민이 양보할 수밖에 없었다.

철민은 이를 악문다. 그런 와중에도 그는 빵과 우유, 삼각 김밥과 또 다른 간식거리 몇 가지를 고른다. 그가 계산을 끝내고 편의점 밖으로 나오자 황유나도 마침 편의점으로 돌아오는 길이었다. 그녀는 편안해 보이는 얼굴이다.

"자!"

철민은 빵과 우유 등이 든 비닐봉지를 황유나에게 불쑥 내민다.

그의 잔뜩 굳은 얼굴에, 황유나는 설핏 당황하는 기색이다.

철민은 더 이상 참지 못하여 방금 그녀가 나온 주택을 향해 곧장 달려간다.

헛짓

아뿔싸! 하필이면 그새 무슨 상황이 발생한 걸까?

철민과 황유나가 차로 돌아와 보니, 형사들의 봉고차가 사라지고 보이지 않았다. 당황에 이어 싸한 허탈감이 밀려든다. 도대체 이게 무슨 개 같은 경우란 말인가? 장장 아홉 시간 가까이 생리 현상까지 참아 가면서 공을 들였는데, 잠깐 자리를 비운 10분도 채 안 되는 사이에 만사 도로아미타불이 되어버리다니……!

"하아~!"

황유나가 짧은 한숨을 뱉어냈다.

철민은 괜스레 어깨가 움츠러든다. 마치 이러한 상황이 그의 잘못으로 인해 벌어진 것만 같다.

그때였다.

"저기 좀 봐!"

황유나가 나직이 외쳤는데, 화들짝 긴장한 목소리다.

철민이 덩달아 흠칫 긴장하며 황유나의 시선이 향한 앞쪽을 본다. 한산하던 골목에 언뜻 사람의 그림자가 어른거리고 있다. 두 명의 사내였다. 조심스럽게 주위를 살피는 모습과 특히 형사들의 봉고차가 있던 자리를 가리키며 무언가 속닥거리는 모습에서 사내들은 왠지 수상한 낌새를 비치는 것 같았다.

그러나 주택가 골목에 사람들이 다니는 것이야 당연한 일이니, 사내들이 주변을 두리번거리며 속닥거리는 정도만으로 함부로 '수상한 낌새'라고 혐의를 두기는 어려웠다.

그런데 그때였다.

사내들의 모습이 골목에서 사라진다. 어느 집 안으로 불쑥 들어간 것이다. 바로 그 붉은 벽돌의 이층집이다. 형사들이 감시하고 있던 바로 그 집 말이다.

철민이 퍼뜩 긴장을 증폭시킨다.

황유나는 이미 잔뜩 곤두서 있었다.

잠시 후, 사내들은 붉은 벽돌집의 2층으로 오르는 계단에 모습을 드러냈고, 다시 2층 현관의 검은 철문 안으로 사라졌다.

얼마나 기다렸을까?

2층의 검은 철문이 다시 열리고, 사내들이 밖으로 나오고 있다. 한 명이 더 늘어 세 명이다. 가운데에 선 사내는 제법 큰 하드 케이스 형태의 검은색 가방 하나를 들고 있다. 양옆으로 두 사내가 바짝 붙어 움직이는 것으로 보아 마치 그 가방 안에 무슨 중요한 물건이라도 든 것 같았다.

황유나가 힐끗 그를 돌아보았고, 그 눈빛에 철민은 어떤 짜릿한 직감 같은 것이 공감되는 듯하다. 바로 그자들이다. 형사들이 쫓고 있는 바로 그자들!

골목으로 나선 세 명의 사내는 잠시 조심스럽게 주변을 살피는가 싶더니, 갑자기 재빠르게 근처에 주차되어 있는 한 대의 은색 승용차에 올라탄다. 그러곤 곧장 차를 출발시킨다.

"어, 엇? 쫓아가! 빨리!"

황유나가 다급하게 소리쳤다.

순간 철민은 찰나의 고민을 하지 않을 수 없었다. 그녀는 이미 사내들을 범죄자로 단정하고 있는 듯하지만, 과연 단정할 만큼의 명백한 근거가 있는가 말이다.

설령 명백한 근거가 있다고 해도 그렇다. 과연 그와 그녀에게 도망치는 그들을 추격할 권한 같은 게 있기는 한가? 그들이 경찰도 아닌데 말이다.

그녀는 일개 방송사 기자일 뿐이고, 더욱이 그는 이런 경우 딱히 내세울 것 하나 없는 그야말로 평범한 소시민에 불과하다. 곧, 지금 그녀가 하자고 하는 일은 다분히 경솔하고 무모하다는 결론이 나왔다.

그러나 그렇게 '다분히 이성적이고 합리적인 결론'을 도출했음에도 불구하고, '다분히 경솔하고 무모한' 그녀를 철민은 제지를 하지 못한다.

'일단은 쫓고 보자!'

황유나가 이미 단정한 이상, 저렇듯이 강한 의지를 보이는 이상, 자신이 말린다고 해도 들을 리 없다는 핑계였다.

그렇다. 그건 다만 핑계이고 변명이다. 사실 지금 이 순간, 철민 스스로도 긴장과는 또 다른 묘한 흥분 속으로 빠져들고 있는 중이었으니까 말이다. 뭐랄까, 비록 경솔하고 무모할지라도, 그녀와의 강력한 교감을 이루는 데서 오는 뭔가 짜릿한 희열 같은 것이랄까?

물론 그렇다고 해서 철민이 계산을 아주 해보지 않은 것은 아니었다. 대강의 계산일지라도, 이 무모함의 끝이 어디일까라는 것에 대해서는 추정을 해놓았다. 즉, 그와 그녀가 저지르는 경솔함과 무모함의 끝은 아마도, 헛수고일 공산이 클 것이다. 헛짓 말이다. 다만 헛짓이라도 얻는 것이 아주 없지는 않을 것이다. 최소한 그와 그녀 둘만이 공유하는 추억거리 하나는 생길 것이다. 두고두고 얘깃거리로 써먹을 수 있는!

'만약 헛짓을 하는 것에서 그치지 않고, 정말로 어떤 구체적이고도 긴박한 실제 상황과 맞닥뜨리게 된다면?'

그럼, 그 즉시 형사들에게 연락을 취하면 될 일이다. 그렇게 하는 것만으로도 황유나는 충분히 생생하고 스릴 넘치는 취재 기록을 얻을 수 있을 것이다. 더불어 그는 일익을 담당한 입장으로서 두고두고 그녀에게 공치사를 해도 좋을 것이다.

그러한 대강의 계산에 근거하여 이 '헛짓'은 어떤 경우를 상정하더라도 한번 해볼 만한 가치가 있었다.

제11장
내공

널 믿지! 내가 누굴 또 믿겠어?

그 은색 승용차는 곧장 시내를 벗어나 외곽 쪽으로 빠진다.

창밖은 이미 어두웠고, 곳곳에 아마도 공장으로 보이는 건물들이 밀집해 있었다.

내비를 보니 '반월산업단지'라고 위치를 표시하고 있다.

그러나 긴 불황의 여파인지, 혹은 이미 일과가 끝났는지 건물들에서 새어 나오는 불빛은 드문드문하다.

왕복 4차선의 도로가 한산할 정도였기에 철민은 앞차의 불빛만 놓치지 않을 정도로 멀찍이 거리를 둔 채 쫓고 있었다.

얼마쯤이나 더 달렸을까?

은색 승용차가 문득 우회전을 하더니, 다시 얼마 가지 않아 도로에 담장을 접하고 있는 어느 5층짜리 건물의 출입구 안으로 쑥 들어가 버린다.

철민은 건물에서 50여 미터쯤 떨어진 길모퉁이 한적한 곳에다 차를 세우고, 전조등과 실내의 계기판 등까지 차의 모든 불빛을 껐다.

어른 키 높이쯤의 담장으로 둘러싸인 그 건물은 복도식으로 되어 있는 아파트 형태였다. 그러나 한눈에도 사람이 거주하는 아파트는 아니다. 각층마다 일자형의 복도를 따라 칸칸이 공장으로 보이는 시설이 들어서 있다. 아마도 아파트형의 공장 밀집 건물인 것 같았다.

철민과 황유나가 차 안에서 건물을 지켜보며 사뭇 망연해하고 있을 때였다. 건물의 우측 끝 쪽에 있는 나선형의 통로를 따라 위쪽으로 올라가는 두 사람의 모습이 보인다. 멀리서보는 것이지만, 두 사내 중 하나가 들고 있는 가방만으로도, 그들이 쫓아왔던 세 명 중의 두 명이었다. 잠시 지켜보고 있자니 그들은 4층까지 올라가서는, 일자형의 복도를 따라 가다가 오른쪽 끝에서 세 번째 칸 안으로 사라진다.

철민은 황유나를 돌아본다. 이제 어떻게 할 거냐는 무언의 물음이다. 아니, 좀 더 솔직히는, 이제 우리 선에서는 더 이상 어떻게 해볼 도리가 없지 않겠느냐고 뒤늦게 건네보는 완곡한 만류였다.

황유나는 잠시 고민하는 눈치이더니, 휴대폰을 꺼내 들었다. 형사들에게 전화를 하려는 것이리라.

철민은 대강의 계산을 해보았는데, 그녀로서도 이제 어쩔 수 없다는 판단이리라. 이제부터야말로 명확한 경계를 지킬 수밖에 없으리라. 즉, 이제 건물로 진입해서 용의자들에 대한 조사를 하는 것은, 어디까지나 법적 권한과 수사 전문 능력을 보유한 형사들만이 할 수 있는 고유 영역이었다. 이제 그녀가 할 수 있는 일은 기자로서 형사들에게 방해가 되지 않는 범위 내에서 최대한 충실하게 취재를 하는 것뿐이라는 사실을 인정할 수밖에 없었다.

그런데 신호가 한참이나 가는데도 통화 연결이 되지 않는 모양이다. 손가락으로 빠르게 휴대폰의 액정을 두드리고 나서 그녀가 말했다.

"문자 보는 즉시 연락 달라고 해놨어!"

형사들 쪽에서 연락이 오기를 기다리는 동안, 황유나는 부지런히 카메라의 셔터를 눌러 대고 있다.

그러나 철민이 보기에, 찍을 만한 꺼리가 있기나 한가 싶다. 게다기 차 안에서 차창을 통해 찍는 것이니만큼 기껏 찍을 수 있는 광경이라 해봐야, 그저 어슴푸레한 건물 전경과 주변 모습뿐일 것이다. 그는 마치 구경꾼처럼, 혼자서 분주한 그녀를 멀거니 지켜보고 있다.

"엇? 저기 좀 봐!"

어느 순간 황유나가 급하게 외쳤다.

철민이 얼른 황유나가 가리키는 곳을 보니, 좀 전에 사내들이 들어갔던 곳에서 한 명의 사내가 밖으로 나오고 있다. 사내는 곧장, 예의 그 나선형 통로를 따라 건물 아래로 내려온다. 그리고 잠시 후, 건물의 출입문 쪽으로 자동차 전조등이 비치더니, 예의 그 은색 승용차가 바깥으로 나온다.

"어떻게 하지?"

황유나가 당황한 빛을 감추지 못하며 물었다. 딱히 대답을 바라고 물은 것도 아니었거니와, 철민 역시도 뭐라고 대답해 줄 말이 있을 리 없는데, 그녀가 빠르게 말을 잇는다.

"저기 저곳, 마약범들의 거점일지도 몰라! 마약을 대량으로 보관하는 창고이거나, 혹은 마약을 제조하는 공장일 수도 있어!"

그러는 사이 은색 승용차는 빠르게 멀어져서 이윽고는 불빛마저 까마득하게 사라지고 있다.

황유나가 문득 결연한 기색으로 말한다.

"이대로 구경만 하고 있다가는 자칫 이도 저도 다 놓치고 말겠어!"

"그럼… 어떻게 하려고?"

철민이 지레 엄습해 드는 걱정에 주춤거리며 물었다.

황유나가 눈빛을 빛내며 대답한다.

"저 안에 한번 들어가 봐야겠어! 도대체 무슨 일이 벌어지고 있는지 직접 확인해 봐야겠다고!"

"뭐? 얘가 지금 무슨 소리를 하고 있는 거야?"

철민이 펄쩍 뛰었다.

그러나 황유나는 입매를 단단하게 굳히고 있다. 철민이 무슨 소리를 해도 결코 의지를 꺾지 않겠다는 듯이!

"아니, 무슨 일을 당할 줄 알고 저 안엘 들어가겠다는 거야? 도대체 뭘 믿고 그러냐고?"

철민이 놀라고 당황하여 다른 때 같으면 감히 하지 못할 신랄함까지 섞는다.

황유나가 설핏 미간을 좁힌다. 그러나 그녀는 이내 피시시! 웃는 표정으로 가볍게 반문한다.

"뭘 믿고 이러냐고?"

그러더니 그녀는 툭 던지듯이 덧붙인다.

"널 믿지! 내가 누굴 또 믿겠어?"

"⋯⋯?"

철민은 일시 할 말을 찾지 못한다.

황유나의 웃음기가 짙어진다.

"넌 나의 용사잖아?"

순간 철민이 차라리 허탈해진다. 처음 듣는 소리도 아니니, 농담이라면 이미 빤한 농담이다. 뿐더러 지금 그런 빤한 농담이나 하고 있을 상황인가? 철민이 노골적으로 어이없다는 표정을 만든다.

"지금 농담이 나오냐?"

황유나는 문득 웃음기를 거두더니, 차분한 얼굴로 된다.

"농담 아냐! 초등학교 때부터 그랬잖아? 날 위해서, 누구도 감히 도전할 엄두를 못 냈던 짱의 턱에다 과감히 펀치를 날렸었잖아! 아니야, 완빤치?"

그녀가 가만히 그를 응시한다.

철민은 차라리 멍해지고 만다. 그리고 그걸로 끝이었다. 그는 더 이상 그녀의 의지에 반하는 말을 할 수 없게 되었다. 빤하건 말건, 마치 정말로 용사가 되기라도 한 것처럼! 유치하건 말건, 마치 정말로 마법에 걸리고 만 것처럼!

"휴~!"

철민은 길게 한숨을 뱉어낸다. 졌다. 항복이다.

"알았다. 그럼 내가 한번 들어가 보고 올 테니까, 넌 꼼짝 말고 차 안에 있는 거다?"

철민이 다짐을 받아두었다.

황유나가 미간에 살짝 주름을 잡더니, 선뜻 고개를 끄덕인다. 금세 또 다소곳한 모습이다.

설마 내공?

건물의 정문에는 경비실로 보이는 작은 간이 건물이 하나 있기는 했는데, 불이 꺼져 있는 걸로 보아 지금은 근무자가 없는 모양이다. 그래도 혹시 출입하는 사람이 있을지도 모르고, 또 어딘가에 감시 카메라 같은 게 있을 수도 있다는 생각에 철민은 정문의 출입구를 피해 건물의 후면 쪽으로 돌아간다.

인접한 도로변에 선 가로등의 희미한 불빛에 의지하여 보는 건물 뒤쪽의 광경은 스산하기만 하다. 건물 앞쪽에 비해 다분히 방치된 듯이, 바닥은 거무튀튀한 잿빛으로 퇴색된 시멘트로 덮여 있다. 그리고 군데군데 시멘트 바닥의 깨진 틈으로는, 사람 허리 높이만큼이나 웃자란 채 말라 버린 잡풀들이 을씨년스럽다.

가장 외지나 싶은 지점에서 담장의 위를 짚으며, 철민이 힘껏 몸을 띄운다. 그런데 생각했던 것보다도 훨씬 더 가볍게 몸이 끌어올려지는 바람에, 그는 그대로 담장 너머로 처박힐 뻔한다. 그는 두 손으로 담장 상단을 급하게 움켜잡고서야 겨우 담장 위에서 균형을 잡을 수 있었다.

"휴~!"

그는 가만히 안도의 숨을 내쉬며 놀란 가슴을 쓸어내린다. 원래는 우선 한쪽 발부터 담장 위에 걸치고 난 다음, 다시 완전히 몸을 끌어올릴 작정이었던 것이다. 그러나 오래 지체하지는 못하고, 그는 담장 안쪽 바닥으로 사뿐히 뛰어내린다. 그리고 일단 담장의 그림자에 숨어서 사방을 살핀다. 감시 카메라 같은 건 보이지 않는다.

철민은 몸을 낮춘 채로 곧장 건물 오른쪽의 나선형 통로가 있는 쪽으로 달려간다. 멀리서 그 나선형 통로를 보았을 때는 계단이 있을 거라고 짐작을 했었던 것이지만, 막상은 미끄럼 방지용으로 보이는 얕은 가로 홈이 촘촘하게 파진, 그냥 경사진 시멘트 바닥이었다. 그런 걸로 보면 아마도 사람이 다니는 통로는 따로 있고, 차량 통행을 위한 통로인 모양이다. 주변의 기척을 살피면서 철민은 곧장 4층으로 올라간다.

4층이다. 차량이 다닐 만큼 넓은 복도가 일자형으로 쭉 뻗어 있다. 그리고 복도를 따라 일정 간격으로 커다란 철제 셔터들이 내려져 있었다. 철제 셔터들 위의 벽에는 '401', '402' 하는 식으로 숫자가 새겨져 있다.

철민은 오른쪽 끝에서 세 번째 칸, 403호로 간다. 역시나 대형 철제 셔터가 내려져 있었는데, 셔터 오른쪽 벽 하단에 사람 출입 용도로 보이는 작은 철문이 하나 나 있다. 안쪽에 사람이 있다는 것을 알기에, 철민은 잠시 주저한 뒤 조심스럽게 다가가 철문의 손잡이를 돌려 가만히 안쪽으로 밀어본다. 그러나 문은 안으로 잠겨 있는지 꿈쩍도 하지 않는다.

차라리 다행이다. 철문이 열린다고 한들 그다음에는 또 무엇을 어떻게 할 것인지, 오히려 두려웠던 참인데 말이다. 이쯤 했으면 이제는 황유나에게 돌아가도 할 말이 있지 않겠는가?

'철문이 안으로 잠겨 있어서 더 이상은 어떻게 해볼 수가 없더라! 그러니 형사들이 올 때까지 기다리는 수밖에 없겠다!'

"휴~!"
철민은 저도 모르게 가느다랗게 한숨을 내쉬었다.

사실은 처음부터 보다 강하게 말렸어야 했다. 처음 황유나에게서 마약 사범 관련 취재를 한다는 소리를 들었던 그때부터! 그때 말리지 못했다고 해도, 적어도 형사들과 연계도 없이 수상한 자들의 뒤를 쫓자고 했을 때는 확실하게 말렸어야 했다. 더욱이 그들의 본거지인지도 모를 장소까지 와서 그녀가 더욱 위험하고도 무모한 취재 욕심을 부렸을 때는, 강제로라도 말렸어야만 하는 것이었다. 절대로 안 된다고! 이러다 정말로 무슨 일을 당할지 모른다고! 그녀를 차 안에서 기다리게 하고, 그 혼자 나서서 뭘 어떻게 해보겠다고 하는 섣부른 타협과 시도를 해서는 안 될 일이었던 것이다.

'어쩌면……!'

문득 다시 생각해 보니 어쩌면 그것 때문인 것 같다. 그가 처음부터 이 일에 대해 선뜻 개입하고, 또 이윽고는 이처럼 무모한 지경까지 일을 벌이게 된 이유가 말이다.

그의 마음속 깊숙한 어딘가에 소화되지 않는 찌꺼기처럼 음침하게 가라앉아 있다가, 어느 순간 문득 부유해 올라서는 칙칙한 악취를 풍기며 다시 그 존재감을 드러내기 시작하고 있는 울화의 덩어리!

마약! 그리고 그 악마의 물건을 어둠의 권력처럼 휘두르는 자들! 소영이를 비참하게 죽게 만든 그것들, 그들에 대한 증오와 적개심!

만약 그런 게 아니었다면, 아무리 황유나가 막무가내였어도 그마저 이 정도까지 무모하지는 않았으리라!

딸깍!

그 작은 소리가 난 것은, 철민이 되돌아가려고 막 돌아설 때였다. 사방이 조용한 중에 소리는 유난히도 또렷했다.

순간 철민은 흠칫 얼어붙고 말았다.

철문의 잠금장치가 풀리는 소리 같았으니, 곧 안쪽에서 누군가 밖으로 나온다는 것이리라.

철민은 고양이 걸음으로 바로 오른쪽 옆 칸 402호를 향해 재빨리 이동해서 철제 셔터에 바짝 몸을 붙여 선다.

마침 철제 셔터는 건물의 벽면과 대략 한 뼘 정도의 단차를 이루고 있어서 급한 대로 몸을 숨길 수가 있다.

끼~ 익!

나직한 마찰음을 내며 403호의 철문이 열린다.

그리고 사내 하나가 밖으로 나온다. 주변이 어슴푸레한 와중에도 사내의 연분홍 꽃무늬 셔츠 차림이 눈에 확 들어온다.

그와 황유나가 쫓아왔던 자들 중 하나는 아니다.

'이쪽으로 오면… 어떻게 하지?'

철민이 극도의 긴장 속으로 빠져드는데, 다행히도 사내는 그가 있는 쪽과는 반대인 왼쪽으로 간다.

사내가 404호의 철제 셔터 앞으로 마주 선다.

투~ 두두~ 두르르~ 룽!

제법 세찬 물줄기가 셔터를 두드리는 소리!

사내가 셔터에다 대고 오줌을 갈기는 소리다.

반대편에서 문득 희미한 기척이 들린다.

철민이 급하게 고개를 돌려 살핀다. 나선형 통로 쪽에서 누군가 아주 조심스럽게 복도로 들어서고 있는 중이다.

철민은 대번에 그 정체를 알아본다.

'이런!'

황유나다.

철민은 반사적으로 다시금 404호 앞에 있는 사내의 동태를 살핀다.

사내는 부르르 몸을 떨며 바지춤을 올릴 때 설핏 황유나의 기척을 감지했는지 오른쪽으로 고개를 돌렸다.

그리고 그때 막 복도로 들어서던 황유나는 여지없이 사내와 시선이 마주치고 만 듯 흠칫 멈추면서 그대로 얼어붙는다.

순간 철민은 튕기듯이 앞으로 달려 나간다. 갈등하고 말고 할 여지는 없다. 오로지 사내를 조용히 만들어야 한다는 생각뿐이다. 사내의 얼굴이 확대되듯이 앞으로 확 다가오면서 마치 고화질의 대형 화면처럼 선명하게 부각되고 있다. 놀라 부릅떠지고 있는 두 눈! 놀란 소리를 토해내려고 막 벌어지고 있는 입! 그리고 유난히 도드라지는 양쪽 관자놀이!

퍽!

"큭!"

가벼운 타격 소리! 그리고 희미한 신음 소리!

사내는 제대로 된 비명조차 지르지 못한 채 스르르 무너져서는 풀썩 바닥으로 고꾸라진다. 그리고는 움직임이 없다. 그대로 기절한 것이리라.

한 방! 아니, 완빤치였다.

철민은 주먹을 제대로 거두지도 못한 채 어정쩡한 자세로 멈춰 서 있다. 아찔한 현기증에 이어 손가락 하나 꼼짝할 수 없는 무기력증이 엄습하고 있는 까닭이다.

슬비였다. 그리고 뒤이은 부작용이다.

그런데 그때였다.

철민은 문득 한 가닥의 따뜻한 열기가 몸속 곳곳을 한 바퀴 휘도는 느낌을 받는다. 뒤이어 그를 지배하고 있던 무기력증이 슬그머니 사라진다.

'설마… 내공?'

설핏 떠오르는 생각이다. 그러나 그는 곧바로 피식 쓴웃음을 짓고 만다.

'내공이라니……?'

방금 슬비의 부작용은 이전에 비해 분명히 완화된 느낌이다. 특히 무기력증이 지속되는 시간이 확연히 짧아졌다. 그런 것에 대해 그는 순간적으로, 요즘 시간과 여건이 될 때마다 익숙한 습관처럼 빠져들곤 하는 '깨꿈'의 효과로 연관시켜 본 것이다. 거기에서 다시 한 발 더 나아가, 어젯밤 황유나에게 농담처럼 말했던 내공과 대치시켜 본 것이다.

황당한 노릇이다. 그러나 철민은 이어, 반사적이다시피 스스로를 합리화시킬 수 있었다.

'그러면 또 어떤가?'

내공이든 뭐든, 어차피 그 혼자만의 은밀한 유희가 아닌가 하는 자위였다.

그러나 그는 그 은밀한 유희에 대해 한 번 더 음미해 볼 여유까지는 가지지 못했다.

"어떻게 된 거야?"

어느새 다가왔는지 황유나가 치켜뜬 눈으로 묻고 있다. 가늘게 떨리는 목소리에서 그녀는 방금 전의 격렬했던 긴장과 흥분을 미처 추스르지 못한 듯하다.

하긴 그건 철민 자신도 마찬가지다.

"쉿!"

철민은 손가락을 입에 갖다 대며 작은 바람 소리를 내는 것으로 대답을 대신했다. 그리고 바닥에 축 늘어져 있는 사내의 몸을 끌어 철제 셔터 쪽으로 바짝 붙여다 놓는다. 그 바람에 바닥의 홍건한 오줌에 사내의 꽃무늬 셔츠가 홍건히 젖고 말았다.

"차에 꼼짝 말고 있으라고 했잖아? 도대체 어떻게 된 애가 항상 제멋대로니?"

철민의 그 나직한 속삭임은, 일방적인데 사뭇 거칠기까지

한 질책으로 되고 말았다.

그러나 눈앞에 미처 상상하지 못했던 상황이 벌어져 있는 까닭인지, 황유나는 잔뜩 움츠린 기색이었다.

"너 혼자 보내 놓고 나서 내가 얼마나 불안했으면 여기까지 왔겠니?"

억울함을 호소하는 항변에다, 속삭이는 소리다.

그러나 철민은 내친김으로 황유나의 손목을 낚아챈다.

"일단 차로 돌아가자!"

그러자 황유나는 곧바로 손목을 뿌리친다.

"싫어!"

그런 그녀에 대해 철민은 정말로 열이 확 뻗친다. 쓰러져 있는 사내 쪽을 가리키며, 그가 표정으로나마 격렬하게 다그친다.

"싫다고? 지금 이 상황을 보고도, 얼마나 위험한 상황인지 보고도 싫다는 소리가 나와?"

그러나 철민의 격렬함에 황유나는 오히려 결연하기까지 한 기색이 된다.

"이대로는 못 가! 가려거든, 너 혼자 가!"

철민은 말문이 콱 막히고 만다. 이건 도대체가 말이 통하지 않는다. 숫제 똥고집이다.

"휴우~!"

철민은 나직한 한숨을 뱉을 때 황유나가 바짝 그에게로 다가선다. 그러더니 살짝 뒤꿈치를 들며 눈높이를 맞추고는 그의 두 눈을 빤히 응시한다.

"설마 정말로 나 혼자 두고 가진 않을 거지?"

철민은 어이가 없었다.

'얘가 지금 사람을 가지고 장난치나?'

딱 그런 심정이다. 그러나 그런 황유나의 '장난질'에 그의 고개가 저절로 끄덕여지려 했다.

"도대체 어떻게 하겠다는 건데?"

철민이 잔뜩 찡그리면서도 결국은 그렇게 물을 수밖에 없었다.

황유나는 입꼬리에서부터 시작하여 눈가로 번지는 엷은 미소를 그리며 속삭였다.

"내가 무슨 짓을 하더라도, 용사가 공주를 내버려두고 혼자 가는 법은 없잖아? 살아도 같이 살고, 죽어도 같이 죽어야지. 안 그래?"

말끝에 황유나는 다시금 배시시 웃음기를 머금었다.

또 뻔한 레퍼토리다. 무슨 약장수도 아니고! 그러나 철민이 할 수 있는 건 짐짓 버럭 쏘아붙이는 것밖에 없었다.

"지금 웃음이 나오냐?"

황유나는 짐짓 움찔하는 듯했다. 그러더니 조심스럽게 403호

쪽을 가리킨다.

"저 안에 뭐가 있는지, 뭘 하는 곳인지 그냥 문밖에서 잠깐 찍기만 하고 가자!"

"카메라로 촬영까지 하겠다는 거야?"

기왕에 포기를 한 것이지만, 그래도 철민은 인상이 써진다.

황유나가 제 왼쪽 가슴을 툭 쳐 보인다.

"걱정 마! 이럴 때를 대비해서 내가 장비를 챙겨 왔지! 이거, 저조도 캠코더야!"

그녀의 재킷 왼쪽 가슴 주머니에 볼펜처럼 생긴 물건이 꽂혀 있다. 저조도 캠코더가 무얼 하는 물건인지 철민으로서는 처음 듣는 것이고, 또한 자세히 알 바도 아니지만, 아마도 어둠 속에서도 촬영이 가능한 특수 카메라쯤 되는 모양이다.

어쨌거나 이제 와서 다시 못 하겠다고 하기도 어렵게 되었으니, 철민은 입술을 한번 질끈 물고는 성큼 앞장을 선다.

그러자 황유나는 대번에 잔뜩 긴장한 기색으로 그의 뒤를 바짝 따라붙는다.

제12장
너라도 도망쳐!

맹견

손잡이를 돌리고 가만히 밀자, 그 작은 철문은 소리 없이 부드럽게 열린다.

철민은 조금 열린 문틈으로 안쪽을 살폈다. 희미한 불빛이 비치는 내부는 제법 넓었다.

작업대로 보이는 커다란 테이블 몇 개가 줄지어 배치되어 있고, 그 사이사이로는 군데군데 커다란 나무 상자들이 쌓여 있다.

별다른 인기척이 없다. 철민은 철문을 조금 더 열고 머리를 안으로 들이민다. 희미한 불빛은 오른편 구석에 있는 네다섯 평 남짓의 컨테이너에서 비쳐 나오고 있다. 아마도 사무실로 쓰이는 곳인 듯하다.

컨테이너 사무실의 벽 가운데쯤에는 창문이 하나 나 있다. 지금 그 창문의 반투명의 유리창으로는 그림자가 어른거리고 있어서 컨테이너 내부에 사람이 있음을 알 수 있다.

등 뒤에 바짝 붙다시피 서 있던 황유나가 옷자락을 잡아당 겼기에, 철민은 조심스럽게 옆으로 비켜 준다.

황유나는 방금 철민이 한 대로 머리만 살짝 철문 안으로 들이밀고 잠시 내부의 동향을 살핀다.

그러더니 예의 그 볼펜 캠코더를 꺼내 철문 안으로 들이밀 고는 여기저기로 방향을 돌린다. 내부의 광경을 촬영하는 것 이리라.

그러다 그녀가 혹시 무슨 소리라도 낼까 싶어, 지켜보는 철 민은 침이 다 마를 지경이다.

그런데 그때였다.

갑자기 황유나가 철문을 더 열고는 불쑥 안으로 몸을 들이 밀었다. 철민은 기겁하고 만다.

그러나 당장 어떤 조치를 취하지는 못한다. 소리를 지를 수 도 없는 일이고, 이미 한쪽 발이 문턱을 넘어 들어가 몸의 중심이 안쪽으로 기울어 버린 그녀를 무리하게 끌어내기도 어렵다.

그러다 자칫 소리라도 낸다면, 더욱 난감할 노릇이니 말이다.

그러는 사이 황유나는 완전히 안으로 들어가 버렸다.

철민 또한 따라서 철문을 넘어 들어갈 수밖에 없었다.

황유나는 거침이 없었다.

고양이 걸음이긴 하지만, 재빠르게 안쪽으로 이동하면서 여기저기로 캠코더를 들이대고 있다.

철민은 황급히 그녀를 쫓아간다. 앞뒤 가릴 상황이 아니니, 목덜미라도 낚아채 밖으로 끌고 나갈 작정이었다. 그런데 다음 순간, 그는 흠칫 멈춰 서고 만다. 섬뜩한 뭔가가 느껴졌기 때문이다.

보이지 않는 곳에서 무언가가 그와 황유나를 노려보고 있었다. 그는 튕기듯이 앞으로 달려 나간다. 그리고 황유나의 앞을 가로막는다.

황유나가 크게 놀란 듯 가슴을 쓸어내린다. 그러곤 가볍게 그의 등을 툭툭 건드린다.

아마도 철민의 행동을 그만 나가자고 하는 닦달쯤으로 받아들인 모양이다.

그러나 그녀는 곧바로 흠칫 굳어지고 만다. 뒤늦게야 터질 듯이 곤두선 철민을 눈치챈 모양이다.

섬뜩함의 발원지는 컨테이너 사무실이 있는 쪽이다.

컨테이너 사무실의 오른쪽 끝과 공장의 벽면 모서리가 만나는 곳에 형성되어 있는 작은 틈새! 주변보다 상대적으로 으슥하고 어두운 그곳에서 지금 구슬만 한 발광체 두 개가 이글거리며 이쪽을 노려보고 있었다.

그것은 한 쌍의 눈이었다. 그리고 어둠에 좀 더 적응이 되면서 보다 분명하게 드러나는 그것의 실체……! 어둠 속에서 바닥에 배를 깔고 엎드린 채, 하얀 이빨을 반쯤 드러내고 소리 없이 흉포한 적의를 발산하고 있는, 한 마리의 커다란 맹견이었다.

철민은 못 박힌 듯 시선을 맹견에게 고정시킨 채 천천히, 아주 천천히 등으로 황유나를 밀며 뒤로 한 걸음 물러난다.

맹견을 자극하지 않으면서, 한 걸음이라도 더 출입구와 가까이 가야만 한다. 그런데 그가 다시 한 걸음 물러나려는 순간이었다.

"크르르~!"

맹견이 나지막하게 으르렁거렸다.

그 살벌함에 공장 내부의 어둑어둑한 공기가 부르르 떨린다. 그리고 서서히 몸을 일으켜 세우는 맹견의 덩치는 생각보다 더욱 거대하다. 거의 송아지만 해 보이는 놈이 으르렁거리는 와중에 하얗게 드러내는 날카로운 송곳니의 섬뜩한 치열이라니……!

"아~ 흡!"

철민의 등 뒤에서 지르다 마는 황유나의 비명이 들렸다. 그녀는 비로소 맹견의 존재를 제대로 인지한 듯하다.

터져 나오는 비명을 손으로 틀어막고 간신히 참아 내는 모습이다.

"크르르~ 르!"

맹견이 보다 분명한 소리로 으르렁거린다. 그리고 웅크리고 있던 틈새에서 벗어나고 있다.

차르~ 륵!

맹견의 움직임에 따라 쇠사슬 따위가 바닥에 끌리는 소리가 난다. 목줄이리라.

그러나 목줄이 그다지 길지 않은 듯, 맹견은 이내 구속을 당하며 더 이상 앞으로 나오지 못한다.

철민은 긴장된 와중에 약간 안도할 수 있었다. 목줄이 매어져 있는 것도 그렇지만, 맹견이 당장 짖어대거나 크게 날뛰지는 않고 있다는 것에!

천만다행이었다. 아마도 그런 쪽으로 훈련이 되어 있는 모양이었다.

그렇더라도 맹견은 빠르게 흥분이 고조되는 모양새였다. 더 거칠게 으르렁대면서 목줄을 쳐대는 바람에, 쇠사슬이 철커덩거리는 소리가 잇달아 났다. 이제 컨테이너 사무실 안에서 바깥의 소란을 알아채는 건 시간문제다.

철민은 다급해진다. 지금 당장 이곳을 벗어나야만 한다. 문제는 황유나였다.

그녀는 맹견이 드러내고 있는 포악함에 얼어붙고 만 듯하다. 제대로 걷지 못할 것 같은 모습이었다.

철민은 황유나를 번쩍 안아 든다. 그녀의 의사를 물어볼 여유 따위는 없었다.

거칠게 다룬 탓에 팔과 가슴에 물컹하게 와 닿는 볼륨감이 순간 그를 당혹스럽게 만든다. 그러나 잠시라도 주춤거릴 여유가 없었다.

철민이 막 출입문을 향해 뛰려고 할 때였다. 컨테이너 사무실의 문이 벌컥 열리며 한 무리의 환한 빛이 밖으로 쏟아져 나온다.

순간 철민은 바로 근처에 적재된 나무 박스 더미 뒤로 재빨리 몸을 숨겼다.

너라도 도망쳐!

"도꾸! 조용히 안 하나? 자꾸 시끄럽게 굴면 확 그냥, 된장 발라버린다?"

등 뒤로 환한 불빛을 받으며 컨테이너 사무실 밖으로 나온 사내가 짜증스러운 목소리로 소리쳤다.

아마도 이름이 '도꾸'인 맹견이 즉시 그 자리에 웅크리고 앉으며 조용해진다. 역시 훈련이 잘되어 있는 모양새다.

단번에 맹견의 기를 꺾어 놓은 사내는 사뭇 건성으로 공장 내부를 한 바퀴 휙 둘러보고는, 다시 컨테이너 사무실 안으로 들어가 버린다. 그런데 꼬리가 긴지 문을 반쯤이나 열어놓은 채다.

덕분에 철민이 숨은 곳에서도 컨테이너 사무실 안의 광경을 살펴볼 수가 있다.

컨테이너 사무실 안에는 방금 나왔다 들어간 사내와 다른 사내 하나가 더 있다. 사무실 가운데는 회의용 테이블 두 개가 길게 잇대어져 있는데, 그 위에 대형 여행용 캐리어 하나가 놓여 있고, 다시 그 주변으로 작은 비닐봉지들이 잔뜩 널려 있었다.

사내들은 무언가 한창 작업을 하고 있는 것으로 보였다.

철민은 뒤쪽, 그들이 들어왔던 그 작은 철문까지의 거리를 가늠해 본다. 대략 15미터쯤!

'뛸까?'

잠깐 갈등이 된다. 그러나 일단은 최대한 은밀하게 이동해 보자는 쪽으로 철민은 마음을 정한다.

뛸 때 뛰더라도, 그 전에 철문까지의 거리를 다만 몇 발자국이라도 좁혀 놓는 게 절대적으로 유리할 것이다.

맹견과 또 컨테이너 사무실 내의 동향을 한 번씩 살피고 나서, 철민은 조심스럽게 황유나의 손을 잡아끈다.

그런데 황유나가 가만히 그의 손을 밀어낸다.

철민이 흠칫 그녀를 돌아보다가는 그만 있는 대로 인상을 쓰고 만다. 그때 황유나는 한 손을 컨테이너 사무실 쪽으로 뻗고 있었는데, 손끝에는 예의 그 볼펜 카메라가 들려 있다. 지금 이 긴박한 와중에도 촬영을 하고 있는 것이다.

철민이 순간의 심정으로는 볼펜 카메라를 확 뺏어 버리고 싶다.

그러나 긴장과 공포로 잔뜩 얼어붙은 와중에도 촬영 화면이 떨리기라도 할까 싶어서인지 이를 악물고 볼펜 카메라를 받쳐 들고 있는 그녀의 모습에, 철민은 차마 그걸 못 하게 할 수는 없다.

철민은 잠시만, 아주 잠시만 기다려 주기로 한다. 다만 몇십 초짜리 짤막한 영상에 불과하더라도, 지금 촬영하고 있는 게 그녀에게는 더없이 귀중한 자료가 될 수도 있을 것이기에!

'딱 1분이다!'

사내들은 테이블 위에 널려 있는 작은 비닐봉지들을 디지털 저울처럼 보이는 기기 위에 일일이 올렸다 내리며 뭔가를 기록하고 있다. 그다음에 비닐봉지 하나하나를 예의 그 대형 캐리어 안에 넣었다.

그러고 보니 비닐봉지들 안에 하얀색 가루 같은 게 조금씩 들어 있는 게 보인다.

'…58! 59! 60!'

속으로 60까지 헤아리고 나자, 철민은 이윽고 인내의 한계에 도달한다.

더 이상 지체했다가는 정말로 감당할 수 없는 무슨 일이 벌어질 것만 같다. 그는 가만히 황유나의 어깨를 잡는다. 그리고 지그시 손아귀에 힘을 준다.

황유나가 돌아보며 잔뜩 얼굴을 찌푸린다. 아프다는 표시이기보다는, 아쉽다는 빛이 역력하다.

그러나 그녀는 순순히 볼펜 카메라를 거두어들인다. 그녀 역시도 더 이상은 욕심을 부려서는 안 된다는 판단에 이른 것이리라.

'일단 벽 쪽으로 붙어! 그리고 조금씩 뒤로 움직인다. 만약 들키게 되면 그대로 철문까지 뛴다!'

몸짓과 입모양으로만 하는 의사 전달이었다. 그러나 황유나는 충분히 알아들은 모양인지 고개를 끄덕인다.

철민이 곧장 앞장을 선다.

황유나가 그의 옷자락을 잡은 채 바짝 뒤로 따라붙는다.

두 사람은 컨테이너 사무실의 동향에 온 신경을 집중하며, 한 발 한 발 아주 느리게 걸음을 옮기기 시작했다.

"크르르~ 르!"

웅크리고 앉은 와중에도 내내 노려보고 있던 맹견이 다시 으르렁거리기 시작한다.

그러자 컨테이너 사무실에서도 당장 반응이 있다.

"저 개새끼 자꾸 왜 저런대, 신경 쓰이게……?"

"밖에 뭐 있는 거 아냐?"

"있긴……? 있을 게 뭐 있다고? 혹시 동철이 새끼 오는 소리 듣고 저러나?"

"근데 그 새끼 오줌 싸러 가서 뭐 이렇게 오래 걸려? 그냥 아무 데나 갈기고 올 것이지."

"호호호! 어제 밤새도록 빨았다더라! 걔 술만 먹으면 다음 날 하루 종일 줄줄 싸잖아? 오줌 싸다가 설사까지 터진 거겠지!"

"에이, 씨발! 더럽게……."

사내들은 시시껄렁한 대화 중이었다. 막상 작업에 열중하느라 바깥에는 신경을 쓰지 않는 모습이었다.

철민은 조금 더 빠르게 움직인다. 출입문까지는 이제 10여 미터 남짓 남아 있었다.

그때다.

"여보세요!"

컨테이너 사무실에서 전화를 받는 소리가 들린다.

"예?"

철민은 사내의 짧게 반문하는 소리에 순간 놀람과 당황스러움을 느꼈다. 동시에 전율처럼 불길한 예감이 그의 뇌리를 관통해 지나간다.

다음 순간 철민은 반사적이다시피 황유나의 팔을 움켜잡아 자신에게로 바짝 당겨 붙인다.

"아⋯⋯!"

너무 세게 잡아챘던지 황유나가 희미한 신음을 흘린다.

그러나 철민은 오로지 컨테이너 사무실의 동향에만 온 신경을 집중한다. 여차하면 그대로 뛰어야 한다.

그런데 그때, 갑자기 사방이 환해진다. 천장에 달린 전등들이 일시에 켜진 것이다.

"뛰어!"

철민이 나직이 외치며 황유나의 팔을 잡아끌어 곧장 달려나간다.

"거기 서!"

등 뒤에서 거친 고함이 터져 나왔다. 두 명의 사내가 급하게 컨테이너 사무실 밖으로 뛰어나온다.

철민은 벌써부터 처지는 황유나의 허리를 한 팔로 감아 끌며 전력으로 달린다. 철문이 바로 몇 발짝 앞으로 다가와 있다.

그때였다.

쾅!

바로 코앞에서 철문이 거칠게 열렸다. 바깥에서 누가 발로 걷어차기라도 한 듯하다.

순간 철민은 반사적으로 황유나를 품에 안는다. 동시에 왼쪽으로 반회전하며 방향을 틀면서, 내쳐 대여섯 걸음을 잇달아 뒤로 물러선다.

활짝 열어젖혀진 철문으로 세 명의 사내가 안으로 들어섰다. 그중에서 꽃무늬 셔츠의 사내가 눈에 들어온다.

'음……!'

철민은 내심 무겁게 탄식하고 만다.

그가 기절시켜 옆 칸 철제 셔터 쪽으로 치워 놓았던 바로 그 사내다. 그때 컨테이너 사무실에서 나온 두 명의 사내가 역시 빠르게 거리를 좁혀 오고 있었으므로, 철민은 다시 옆쪽으로 몇 걸음 더 옮겨 가 아예 공장 벽을 등지는 위치를 점하고 선다.

황유나는 온몸이 딱딱하게 굳어 있더니, 이제는 다리에 힘까지 풀리는지 혼자 서 있기에도 힘겨워했다.

철민이 얼른 그녀를 부축하여 벽에 기대서도록 한다. 그리고 다시 뒤돌아서며 자신의 등을 내준다. 그녀는 그의 등에다 두 손을 짚으며 의지해 온다.

그녀의 손바닥을 통해 가려린 몸의 떨림과 불안한 숨결마저도 고스란히 전해져 온다.

철민은 오히려 가슴과 허리를 곧게 펴며 우뚝 버티고 섰다.

"잡아!"

새로이 공장으로 들어선 자들 중 하나가 짧게 외쳤다. 그러자 컨테이너 사무실에서 나온 두 사내가 곧바로 철민을 향해 쇄도해 온다.

순간 철민은 온몸의 피가 세찬 격류를 만드는 듯한 치열한 긴장 속으로 빠져든다. 그리고 그 순간, 사내들의 움직임이 느려지고 있다. 마치 시간의 물결에 태워진 듯! 슬비다.

좌측의 사내가 먼저 사정권 안으로 진입하고 있다.

조금 더 기다렸다가 우측의 사내가 마저 사정권 내로 진입했을 때, 철민은 왼쪽 주먹을 쳐낸다. 힘을 싣기보다는 정확도에 중점을 두고 곧장 쭉 뻗는다.

팍!

철민의 주먹은 정확하게 좌측 사내의 관자놀이에 꽂혔다. 그러나 철민이 사내의 상태를 확인하기도 전에,

'핑!'

눈앞이 핑 돈다. 현기증이다. 뒤이어 무기력증이 엄습한다. 현기증은 금세 사라진다. 그러나 무기력 상태는 아직 그대로 인데, 우측 사내의 주먹이 그의 얼굴을 향해 날아오고 있다. 천천히! 슬비는 아직도 유지되고 있었다.

'이~ 익!'

철민은 안간힘을 썼다. 순간, 그의 몸속에서 한 무리의 따뜻한 열기가 일어난다.

'아아! 내공이다!'

철민은 환호했다. 황당한 노릇일지라도, 다만 그 혼자만의 은밀한 유희에 불과할지라도 이 순간 그가 간절히 고대한 바로 그것이었다.

내공은 빠르게 그의 내부를 한 바퀴 휘돈다. 무기력증이 눈 녹듯이 해소되며 사라진다. 철민은 급한 대로 머리부터 옆으로 비켜 튼다.

팟!

그야말로 간발의 차이로 사내의 주먹이 코끝을 스치고 지나갔다.

철민의 오른쪽 주먹이 카운터펀치로 사내의 관자놀이에 꽂

힌다.

픽!

사내의 동공에 찰나의 경악이 담긴다. 그러나 이내 동공이 풀리면서 사내는 천천히 무너져 내린다.

그리고 철민은 다시금 아찔한 현기증과 무기력증에 빠져든다.

두 번째 완빤치였다. 그리고 역시 두 번째의 부작용이다.

이윽고 슬비가 풀린다. 사방은 원래의 흐름을 되찾는다.

철민의 내부에서는 다시 한 번 내공이 일어난다. 그러나 그것이 가지는 따뜻한 열기의 정도는 처음에 비해 한층 희미하다. 사뭇 힘겹게 무기력 상태가 물러나고 있다. 천천히!

철민은 무기력증을 떨쳐 내면서 재빨리 전체적인 상황부터 살폈다.

두 번째 완빤치를 맞았던 사내는 바닥에 쓰러진 채 움직이지 않았다. 그보다 먼저 첫 번째 완빤치를 맞았던 사내는 서너 걸음 뒤로 물러선 채였는데, 아직 충격에서 벗어나지 못한 듯 무릎을 휘청거리고 있다. 그리고 대여섯 걸음 거리를 둔 채 바깥에서 새롭게 들어온 세 명의 사내가 서 있었는데, 제각기 의아함과 놀람의 기색을 떠올리고 있었다.

세 명의 사내 중 가운데 선 자가 성큼 앞으로 나서고 있다.

40대 중후반쯤의 나이로 보이는 사내다. 각이 뚜렷하게 진 매부리코와 조금 찢어져서 귀 위쪽을 향해 뻗은 눈꼬리로 인해 몹시 날카로운 인상이다.

그리고 다시 좌측에 선 사내가 매부리코 사내의 곁으로 따라붙었다. 사내는 땅딸막한 키에, 입고 있는 회색 정장이 터져 나갈 듯이 우람한 상체를 지녀 마치 드럼통을 보는 듯하다. 게다가 아예 빡빡 밀어버린 머리는 사뭇 위압적이었다.

철민이 아직 남은 듯한 무기력증의 잔재를 털어내기 위해 깊은 숨을 들이쉴 때였다.

매부리코 사내가 천천히 한 손을 들어 올렸다.

그것이 마치 자신을 가리키는 듯해 철민은 설핏 의아하다. 그러나 다음 순간, 그는 경악하고 만다.

'설마?'

파~ 앙!

잔뜩 압축된 공기가 터지는 듯한 소리가 났고, 그와 동시에,

피~ 슝!

무언가 날카롭게 공기를 가르며 철민의 바로 옆을 맹렬하게 스쳐 지나간다.

경악에 이어 철민은 얼떨떨해졌다. 총이다. 장난감이 아니라 진짜 총!

매부리코 사내의 손에 들린 그것은 일반 권총보다는 훨씬 더 길쭉한, 영화에서나 봤던 소음기가 달린 총이었다.

　철민은 여전히 자신을 겨누고 있는 총구를 보면서 그대로 얼어붙고 만다. 머리마저도 얼어붙고 만 듯 아무런 생각도 나지 않는다. 그저 멍하기만 하다.

　그때, 힘겨운 몸짓으로 황유나가 그에게로 다가왔다. 그녀의 전신이 확연할 정도로 덜덜 떨리고 있다. 그를 보는 그녀의 눈빛이 다급하고도 간절하다.

　'도망쳐! 너라도 도망쳐!'

　소리를 내지는 못하지만, 그녀는 그렇게 외치고 있었다.

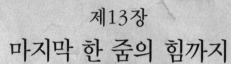

제13장
마지막 한 줌의 힘까지

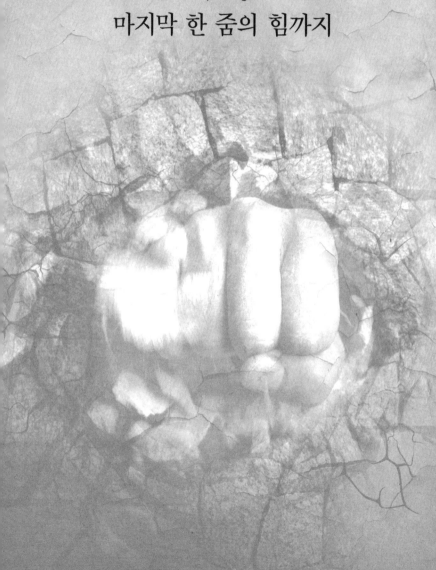

그래! 내가 바보다!

"꿇어라!"

매부리코 사내가 차갑게 외쳤다.

철민은 이를 악문다. 그리고 안간힘을 써 공포를 떨쳐 낸다.

딱딱하게 굳었던 머리가 겨우 돌아가기 시작한다.

그 혼자라면 어떻게 도망칠 수 있을지도 모른다. 슬비를 쓴다면!

그리고 그렇게 하는 것이 현명할지도 모른다. 그 혼자라도 도망쳐서 곧바로 경찰에 신고하고 도움을 요청하는 것이!

그러나 그는 결코 그렇게 할 수 없다. 황유나를 두고 혼자 도망을 칠 수는 없다. 그 어떤 경우에도!

"마지막으로 말한다. 꿇어라! 머리에 바람구멍 뚫리기 않으면!"

매부리코 사내의 목소리는 한층 나직했다.

그럼으로써 그의 말은 정말로 최후통첩처럼 들린다.

철민은 치열한 갈등의 정점에 이르러 있다.

'권총을 빼앗을 수 있을까?'

그러나 철민은 이윽고 결론에 도달한다. 아무리 슬비를 쓴다고 하더라도 총을 겨누고 있는 자를 상대로 모험해 볼 엄두를 감히 내볼 수는 없다.

철민은 천천히 바닥에 무릎을 꿇는다.

그런 그의 옆으로 황유나가 또한 허물어지듯이 무릎을 꿇고 있다.

"묶어라! 둘 다!"

매부리코 사내가 뒤를 돌아보며 명령했다.

꽃무늬 셔츠의 사내가 재빨리 근처의 작업대 위에 놓여 있는 노끈 뭉치 하나를 챙겨 들고는 철민에게로 다가선다. 철민의 양손을 등 뒤로 돌리고 양쪽 손목을 엇갈려 결박하는 꽃무늬 셔츠 사내의 손길이 거칠다. 마치 철민에게 당했던 것에 대한 화풀이라도 하는 것처럼!

금세 손목에 피가 통하지 않고, 끊어질 듯이 아파와 철민은 나지막한 신음을 뱉고 만다.

"음!"

"닥쳐! 개새끼야!"

꽃무늬 셔츠 사내가 당장에 욕설을 내뱉으며 더욱 거칠게 결박을 한다.

철민의 손목 결박을 끝낸 사내는, 이어 황유나에게도 마찬가지로 손목을 등 뒤로 돌려 결박한다. 다만 여자라고 그래도 약간의 사정을 봐주는지 철민에게 하던 것에 비해서는 그 손놀림이 한결 부드럽다. 그럼에도 황유나는 연신,

"앗! 아~ 얏!"

하고 고통을 호소한다.

"아프다고 하지 않소? 그리고 여자한테까지 꼭 결박을 해야 되겠소?"

보다 못한 철민이 나직이 항의 겸 호소를 했다.

그러자 꽃무늬 셔츠 사내는 곧장 철민의 뺨을 후려갈긴다.

짝~!

된소리와 함께 철민의 고개가 한쪽으로 홱 돌아간다. 대번

에 코피가 터지고 만다.

"악~! 때리지 말아요!"

황유나가 제가 맞기라도 한 듯이 자지러지는 비명과 함께 호소했다.

꽃무늬 셔츠 사내는 사나운 빛으로 한 번 더 철민을 위협하고 나서, 황유나의 결박을 마무리했다.

그새 철민에게 당했던 사내들 둘이 정신을 차렸다. 둘은 매부리코 사내에게 한 차례 매서운 질책을 들은 뒤, 먼저 컨테이너 사무실로 돌아갔다.

이어 철민과 황유나가 손목을 결박당한 채 컨테이너 사무실 앞으로 끌려갔다.

매부리코 사내는 사무실 출입문에서 조금 떨어진 곳의 철제 빔으로 된 기둥에다 철민과 황유나를 묶도록 했다. 황유나는 허리 즈음을 기둥에다 한 번 묶은 데 비해, 철민은 상체에서 발목까지 온몸을 기둥에다 아예 칭칭 동여매다시피 했다.

매부리코 사내가 철민에게로 다가오더니 몸수색을 한다. 마침 철민이 지갑을 차 안에도 놓고 온 터라, 그에게서는 휴대폰과 주머니에 들어 있던 몇 장의 지폐와 영수증, 그리고 동전 몇 개만이 나온다.

매부리코 사내는 이어 황유나의 몸을 수색하려 한다.

황유나가 질색하며 소리친다.

"당신들, 이러고도 무사할 것 같아?"

매부리코 사내가 황유나에게 시선을 맞추며 천천히 반문한다.

"무사하지 않으면? 뭘 어떻게 할 건데?"

그런데 매부리코 사내의 말투는 문득, 조금 특이하게 들리는 데가 있다. 마치 조선족의 억양이 섞였다고 할까? 그러나 두드러질 정도는 아니어서, 희미하게 느껴지는 정도다. 매부리코 사내가 거침없이 황유나의 재킷 주머니를 뒤지기 시작한다.

"무슨 짓이야?"

황유나가 날카롭게 소리를 지르고, 온몸을 뒤틀며 저항한다.

그러나 매부리코 사내는 조금도 개의치 않고 그녀의 바지 주머니까지 뒤진다.

철민은 눈이 뒤집힐 지경이다. 그러나 여기서 놈을 자극해봐야 오히려 더욱 험한 꼴이나 당할 것이기에, 이를 악물고 참는 수밖에 도리가 없다.

황유나의 소지품들은 정작 그녀의 핸드백 속에서 나왔다. 손지갑형 소형 비디오카메라, 망원렌즈가 장착된 카메라, 휴대폰, 명함, 그리고 기자 신분증까지!

"오호~! 이것 봐라? 방송사 기자였어?"

매부리코 사내가 짐짓 놀랍다는 체를 한다.

황유나가 분노에 차서 쏘아붙인다.

"알았으면 이것부터 풀어! 방송사 기자가 이런 데 취재 나오면서 아무런 대책도 없이 왔을 것 같아?"

황유나의 말은 사뭇 대찼다. 그러나 그녀의 목소리는 어쩔 수 없이 가늘게 떨리고 있었다.

매부리코 사내가 잠시 황유나와 눈을 맞추고 있더니, 빙글거리며 뱉는다.

"대책이라고? 무슨 대책일까? 궁금하네?"

매부리코 사내가 불쑥 황유나의 가슴을 향해 손을 뻗는다.

"악~!"

황유나가 기겁하여 비명을 지른다.

그러나 매부리코 사내는 태연하게 그녀의 재킷 왼쪽 가슴의 주머니에 꽂혀 있는 물건을 뽑아 든다. 볼펜 카메라다.

"이것도 카메라인가? 호… 지금 돌아가고 있는 중인 것 같은데……?"

매부리코 사내는 잠깐 볼펜 카메라를 이리저리 살펴본다. 그러더니 돌연히 바닥으로 내팽개치고는, 그대로 구둣발로 짓이겨 버린다.

와자~ 작!

황유나의 두 눈이 부릅떠진다.

그런 그녀의 모습을 것을 즐기기라도 하듯이 매부리코 사내는 이어 좀 전에 황유나의 백에서 꺼내 두었던 손지갑형 소형 비디오카메라와 망원렌즈가 장착된 카메라, 그리고 그녀의 휴대폰과 철민의 휴대폰까지를 잇달아 바닥에다 던지고는 차례로 짓밟아 나간다.

와~ 작!

콰~ 직!!

황유나가 이윽고는 절망의 빛이 되고 만다.

매부리코 사내가 희미하게 웃음기를 떠올리며 묻는다.

"궁금하다고 했잖아? 그 대책이란 거, 어떤 거지?"

황유나가 앙칼지게 쏘아붙인다.

"듣고 싶으면 일단 이것부터 풀어!"

"흐흐흐!"

매부리코 사내가 차갑게 웃었다. 그러고는 뒤를 돌아보며 꽃무늬 셔츠의 사내에게 명령했다.

"어이! 가서 개 좀 끌고 와라!"

"크르르~!"

맹견이 있는 대로 날카로운 이를 드러내고 철민과 황유나에게로 달려들려고 버둥거린다. 꽃무늬 셔츠의 사내가 힘껏 목줄을 움켜잡고 버티고는 있지만, 맹견의 흉포함과 맹렬함을 온전히 제어하기는 힘에 겨워 보인다.

잠시 즐기듯이 지켜보고 있던 매부리코 사내가 황유나를 향해 다시 말을 꺼낸다.

"이봐, 기자 아가씨! 이 개는 이미 몇 번의 경험이 있어! 사람을 물어뜯은 경험 말이지! 기자 아가씨의 머리 정도면, 한 입에 뭉개 버릴걸? 흐흐흐! 자! 내 궁금증을 풀어줄래, 아니면 개를 풀어줄까?"

부르르!

황유나가 진저리를 친다.

더는 보고 있을 수 없었는지 철민이 소리를 지른다.

"잠깐! 잠깐만요! 내가 얘기하겠소!"

"흠, 그래? 그래도 남자다 이거지?"

매부리코 사내가 빙글거리며 고개를 까딱거린다.

"좋아! 얘기해 봐! 단, 간단명료하게! 엉뚱한 얘기를 지껄이면 알지?"

매부리코 사내가 손으로 목을 긋는 시늉을 해 보인다.

그 서슬에 철민이 급하게 말을 꺼낸다.

"경기지방경찰청 마약 수사대의 협조를 받아 취재를 하는 중이오!"

"너……?"

황유나가 떨리는 목소리로 철민을 질책했다.

그러나 철민은 그녀를 외면하고 매부리코 사내에게만 집중한다. 사내에 대해, 맘만 먹으면 무슨 짓이라도 저지를 자라는 판단을 이미 내린 터다. 그런 만큼 일단은 사내를 거스르지 않으면서, 최대한 시간을 끌어야만 한다. 무슨 방법이 생길 때까지!

"경기지방경찰청 마약 수사대?"

매부리코 사내의 표정이 가볍게 일그러진다.

"그렇소! 마약 수사대의 수사 현장을 취재하던 중에 어쩌다 보니 형사들과 헤어지게 되었는데, 마침 수상한 사람들이 있어 뒤를 쫓다가… 이곳까지 오게 된 것이오!"

"그러니까, 뭐야? 여기는 너희 둘만 왔다……?"

"그렇소!"

매부리코 사내는 잠시간 철민을 빤히 응시하더니, 불쑥 다시 묻는다.

"형사들에게 상황을 알리기는 했을 것 아닌가? 누구를 쫓고 있다든지, 여기가 어디쯤이라든지……?"

철민이 곧바로 대답한다.

"이 건물로 들어오기 전에 형사에게 전화를 했소. 하지만 전화를 받지 않아서 문자로 간단히 상황을 설명하고, 보는 즉시 연락을 달라고 했는데… 지금껏 아무런 연락이 없소!"

"그래……?"

매부리코 사내의 반문에 약간의 불신이 녹아 있다. 사실 간단히 상황을 설명했다는 건 철민이 보탠 내용이다. 황유나가 보낸 건, 문자를 보는 즉시 연락을 달라는 게 전부다. 그러나 이제 사실 여부를 확인해 볼 방법은 없다. 황유나의 휴대폰이 부서진 채 바닥에 나뒹굴고 있었으니 말이다.

"물건은 준비돼 가나?"

매부리코 사내가 컨테이너 사무실 안쪽을 향해 물었다.

"거의 다 돼 갑니다! 한 시간… 정도만 더 하면 끝낼 수 있을 것 같습니다!"

사무실 안에서 대답하는 사내의 목소리에서 설핏 긴장이 묻어났다.

매부리코 사내의 짜증 섞인 질책이 곧바로 뒤따른다.

"한 시간? 방금 얘기 못 들었어, 새꺄? 지금 마약 수사대가 우리의 꼬리를 밟고 있다고 하잖아? 형사들이 언제 들이닥칠지 모르는 판에, 한 시간씩이나 더 걸리면 어떻게 하겠다는 거야? 10분 안에 끝내, 새끼들아! 그리고 깔끔하게 뒷정리하고 여기를 뜬다! 알았어?"

"예!"

사무실의 두 사내가 한목소리로 대답했다.

매부리코 사내의 서슬이 다시 꽃무늬 셔츠의 사내에게로

향한다.

"넌 뭐 하고 있어, 새꺄! 얼른 들어가서 작업 거들지 않고?"

꽃무늬 셔츠의 사내가 불똥을 맞은 듯이 대답도 하지 못하고 재빨리 사무실 안으로 뛰어 들어간다.

매부리코 사내의 곁에는 우람한 상체를 지닌 드럼통 사내만 남았다.

"중호야!"

매부리코 사내가 부르자 드럼통 사내가 덩치에 걸맞은 굵고 낮은 목소리로 대답한다.

"예! 지부장님!"

"그렇게 조심을 한다고 했는데도… 이번 건이 워낙 크다 보니 어디에선가 얘기가 샌 모양이다."

"어떻게 하시겠습니까?"

"물건 챙겨서 곧바로 건너가야 할 것 같은데, 아무래도 주변 정리는 좀 해야겠지?"

"알겠습니다!"

"확실하고 깨끗하게 정리하도록 해!"

"염려 마십시오!"

"시간 없다! 나가 봐!"

"예!"

그런데 드럼통 사내가 곧장 움직이려다가 문득 철민과 황유나 쪽을 돌아보며 매부리코 사내에게 나직한 소리로 묻는다.

"저치들은 어떻게 하실 겁니까?"

"넌 네 할 일이나 신경 써! 여기 일은 내가 알아서 처리할 테니까!"

매부리코 사내가 덤덤한 투로 대답했다.

드럼통 사내가 철문을 통해 사라지자, 매부리코 사내가 천천히 사무실로 들어가면서 힐끗 뒤를 돌아본다.

순간 철민은 저도 모르게 움찔 몸을 떨고 말았다. 설핏 스쳐 지나가는 눈길이었지만, 매부리코 사내의 번들거리는 눈빛에서 뭔지 모르게 서늘한 기운이 느껴졌기 때문이다.

매부리코 사내가 사무실 안으로 들어가고 나서 금방, 꽃무늬 셔츠 사내가 사무실 밖으로 나왔다. 그자는 곧장 맹견에게로 가서는 개의 목줄에다 끈을 이어 묶었다. 그러더니 철민과 황유나가 묶여 있는 기둥에서 2미터 정도 앞까지 맹견이 올 수 있도록 끈의 길이를 조정했다.

크르~ 릉!

바로 지척에서 맹견이 펄쩍 뛰어오르며 덤벼든다. 야수의 뜨거운 입김이 얼굴로 확 끼쳐 든다. 바로 코앞에서 어른거리는 맹견의 날카로운 이빨에서는 포악한 살기가 뿜어진다. 더욱이 쇠사슬에 잇대어져 맹견을 묶고 있는 끈은, 그리 튼튼한 것이 아니어서 금방이라도 끊어지고 말 듯이 위태로워 보인다.

그 첨예한 공포를 참지 못하고 황유나가 비명을 질러낸다.

"아~ 악!"

꽃무늬 셔츠의 사내가 잠시 빙글거리며 보고 있더니, 이어 짤막하게 호통을 친다.

"앉아!"

그러자 맹견은 즉시로 기세를 죽이며 바닥에다 배를 붙이고 앉는다. 그렇더라도 포악하게 이글거리는 놈의 눈은 여전히 철민과 황유나를 노려보고 있다.

"찍소리도 내지 말고 죽은 듯이 있어라! 개밥으로 먹히고 싶지 않으면!"

꽃무늬 셔츠의 사내가 철민의 눈을 빤히 응시하며 차갑게 뱉었다. 그리고 사내는 사무실로 들어갔는데, 출입문을 반쯤이나 열어둔 채였다. 사무실 안에서 철민과 황유나의 동태를 감시하겠다는 것이리라.

사무실 안은 바쁘게 돌아가고 있는 중이다. 처음 한동안은 이따금씩 사무실 밖으로 시선을 주던 꽃무늬 셔츠의 사내도, 지금은 완연히 작업에만 열중하고 있는 모습이다.

철민은 뒤로 묶인 손목에 가만히 힘을 줘 본다. 그러나 노

끈이 워낙 촘촘하고도 단단하게 묶어서 손목을 움직여 볼 틈
은 거의 생기지 않는다.

"후우~!"

철민은 저도 모르게 나직이 한숨을 내쉬고 말았다. 도저히
어떻게 해볼 수 없는 상황에 대한 자포자기였다.

"바보야! 너라도 도망을 쳤어야지!"

황유나가 나직이 속삭였다.

그 소리가 모든 탓을 자신에게로 돌리는 것 같아서 철민은
순간 울컥해진다. 그러나 이내 그럴 의욕조차도 생기지 않아
힘없이 시인하고 만다.

"그래! 내가 바보다!"

황유나는 다시금 뭐라고 말을 보태려고 하더니 잔뜩 인상
만 쓴다.

잇달아 세 번의 슬비를 펼치다

황유나가 뒤로 묶인 손목을 꼼지락거리기 시작한다.

어떻게 풀어보려는 시도일 텐데, 어림없는 짓이었다. 철민이
쓸데없는 짓이니 그만두라고 말리려 하다가는 문득 눈을 크
게 뜬다. 그녀의 손목의 움직임이 생각보다는 커 보였던 것이
다. 아까 결박을 당할 때 아프다고 난리를 쳐 대더니, 덕분에

노끈이 조금쯤 헐렁하게 묶인 걸까?

그러나 정말로 황유나가 손목의 결박을 풀 수 있으리라는 기대까지는 하지 못하는 와중에, 그녀의 꼼지락거림은 쉬지 않고 계속된다. 안타깝도록!

그리고 다시 얼마나 지났을까?

한순간 철민은 눈을 부릅뜨고 만다. 풀렸다. 정말로 그녀의 손목의 결박이 풀리고야 만 것이다.

황유나는 잠시 숨을 고르고 난 다음 조심스럽게 손을 뻗어 철민의 손목을 결박하고 있는 노끈을 더듬는다. 그리고 한참 애를 쓴 끝에 이윽고 결박의 매듭을 찾아냈고, 사무실 안의 동정을 살피면서 천천히 풀어내기 시작한다. 그리고 이윽고 손목의 결박이 풀렸다.

철민은 사무실의 동정에서 눈을 떼지 않으면서 최소한의 움직임으로 다시 상체의 결박을 느슨하게 만든다. 그런 다음 발목의 결박마저 풀어낼 수 있었다. 다만 상체의 결박은 완전히 풀어내지 않고 느슨한 채로 남겨 둔다. 그것마저 풀어버린다면 사무실의 놈들이 눈치를 챌 것만 같아서다.

철민은 치열하게 고민한다. 이제부터 어떻게 해야 할지에 대해!

먼저 맹견부터 처치한다.

그런 다음 틈을 주지 말고 사무실로 들이닥친다.

네 명! 그중 하나는 권총을 가지고 있다.

유일한 수단은 역시 슬비뿐이다.

그러나 슬비를 최소한 세 번은 잇달아 펼쳐야 하리라!

상황에 따라서는 그 이상이 되어야 할지도!

과연 가능할까?

그러나 지금으로서는 다른 선택의 여지가 없다. 전혀!

무조건 가능해야만 한다!

철민은 이윽고 상체를 묶고 있던 결박을 마저 풀어낸다.

"크르르~ 르!"

내내 노려보고 있던 맹견이 맹렬한 적대감을 담아내며 나직이 으르렁거린다.

철민은 맹견과 시선을 마주치지 않고, 딴짓을 하듯 슬쩍 몸을 숙인다. 조금 전에 보아두었던, 기둥 옆쪽 바닥에 떨어져 있는 쇳덩이를 줍기 위해서다. 무슨 기계의 부품쯤으로 보이는 쇳덩이는 둥글고 어린아이의 주먹 크기다.

철민이 오른손에 쇳덩이를 움켜쥐고는 온몸에 팽팽한 긴장을 돋울 때였다. 황유나가 가만히 그의 손을 잡았다. 그녀의 손을 통해 가녀린 떨림이 전해져 온다. 그리고 그녀가 잡았던 손에서 힘을 푸는 순간, 철민은 잔뜩 응축되었던 용수철이 팅겨져 나가는 것처럼 앞으로 튀어나간다.

맹견 또한 반사적이다시피,

"크~ 아~ 앙!"

포악한 부르짖음을 토해내며 펄쩍 공중으로 솟구쳐 올라 철민을 향해 맹렬하게 덮쳐 온다.

문득 사방의 모든 것이 천천히 돌아가기 시작한다. 느리게, 느리게!

슬비가 시작된 것이다.

차르~ 륵!

맹견의 목줄이 팽팽히 당겨지는 소리마저 느리게 울려 퍼진다.

휘~ 청!

목줄의 당김에 의해 맹견이 공중에서 거친 반동을 받는다. 그러고는 다시 바닥으로 떨어지고 있다. 그 모든 것들이 그야말로 슬로비디오를 보듯 느리게 이루어지고 있다.

철민은 달려가는 탄력을 그대로 손에 쥔 쇳덩이로 이제 막 바닥에 착지하고 있는 맹견의 대가리를 내리친다.

픽!

둔탁한 질감의 타격음이 난다.

"캥~!"

맹견이 하이 톤의 비명을 내지르며 바닥으로 나동그라진다.

그 순간 철민은 핑 도는 현기증에 이어 온몸의 기력이 풀리며 곧장 무기력 상태에 빠져든다. 일시적으로 아무것도 할 수 없는 상태다. 그것은 이제 당연한 수순이라 할 수 있는 슬비의 부작용이었지만, 상황은 다급했다.

"크~ 릉!"

맹견이 대가리를 들며 몸을 일으키고 있다. 일격에 끝냈어야만 하는 것인데, 서두르느라 조준이 조금 빗나가 버린 모양이다. 맹견은 겨우 한 발짝 거리에서 다시금 날카로운 이빨을 드러내며 철민에게로 덮쳐든다. 절박하다. 온몸의 솜털이 곤두서는 느낌이 생생하다.

마법의 봉인이 해제되듯 철민의 무기력이 풀리기 시작한 것은 바로 그 순간이었다. 그때쯤 맹견은 이미 바짝 다가와 그의 목에 날카로운 송곳니를 틀어박기 직전이었다. 철민은 안간힘을 쓰며 맹견의 목덜미를 한 손으로 움켜잡는다. 그리고 다른 손의 쇳덩이로 맹견의 대가리를 내려친다.

퍽!

퍽~!

퍼~ 억!

잇달아 세 번을 내리치고 나서야 맹견의 몸뚱이는 바닥에 축 늘어진다. 그런 맹견의 대가리는 아주 박살이 나다시피 해서, 피가 울컥울컥 뿜어지고, 허연 뇌수까지 비쳤다.

그러나 철민은 자신이 벌인 처참한 광경에 눈살을 찌푸릴

틈조차 없었다. 그때쯤 사무실 안쪽의 사내들이 소란을 알아차리고 일제히 바깥으로 주의를 돌리고 있었다. 철민은 그대로 사무실을 향해 내닫는다. 그리고 반쯤 열려 있던 문을 박차고 사무실 안으로 돌진한다.

쾅~!

"어… 엇?"

"저 새끼……?"

사내들이 놀라 외쳤지만, 철민은 매부리코 사내부터 찾는다. 최우선의 목표는 총을 가진 그였다.

매부리코 사내는 사무실 안쪽의 의자에 앉아 있다가 철민을 보고 벌떡 일어선다. 그리고 곧장 허리춤에서 권총을 뽑아 들며 철민을 향해 겨눈다.

두 번째 슬비가 펼쳐지고 있다.

매부리코 사내의 권총이 철민을 향해 있다. 천천히! 그리고 사진처럼 선명하게! 심지어는 방아쇠에 걸린 사내의 검지에 힘이 들어가고 있는 것까지 확연히 느낄 수 있을 정도여다.

핑~!

갑자기 현기증이 돈다. 연이어 슬비를 펼치고 있기 때문인지, 벌써부터 부작용이 시작되려 했다. 철민은 이를 악문다. 그리고 매부리코 사내를 향해 몸을 날린다.

매부리코 사내의 두 눈이 부릅떠진다. 믿을 수 없다는 듯이!

그 순간 철민은 매부리코 사내의 권총을 쥔 오른쪽 손목을 움켜잡는다.

파~ 앙!

단발의 총성이 울렸다.

패~ 앵!

철민의 뒤쪽 유리창이 마치 서리꽃이 피듯이 하얗게 변하며 부서져 내린다.

권총의 방아쇠에 걸린 매부리코 사내의 검지에 다시금 힘이 들어가고 있다.

순간 철민은 오른손으로 수도(手刀)를 만들며 그대로 매부리코 사내의 목을 찌른다. 창졸간이지만 온 힘을 다한 일격이다.

"컥!"

짧은 비명을 토해낸 매부리코 사내가 목을 움켜잡으며 주춤주춤 물러난다. 그러고는 사무실 벽에 등을 부딪치며 주르르 바닥으로 무너져 내린다. 그런 사내의 두 눈이 하얗게 까뒤집히고 있다.

철민은 눈앞이 노래졌다. 테이블에 기대어 휘청거리는 것을 겨우 버텼지만, 그대로 무기력의 상태가 되고 만다. 가물거리는 시야로 남은 세 명의 사내가 일제히 덮쳐 오는 게 보인다. 매부리코 사내가 떨어뜨린 권총이 바로 발아래에 있다. 그러나 손가락 하나 까딱할 수 없는 처지라 그걸 집을 엄두를 낼 수가 없다.

"와아~ 악!"

철민은 악을 썼다. 안간힘으로 터뜨린 고함이다.

놈들의 기세가 일시 주춤하는 듯하다. 그러나 잠깐이었을 뿐,

"죽여!"

악다문 잇소리와 함께 놈들은 더욱 맹렬하게 철민에게로 덮쳐든다.

그러나 놈들이 보였던 찰나의 주춤거림은 철민에게 구원이나 마찬가지였다. 그의 내부에서 실낱같은 한 가닥의 열기가 피어오른다. 철민은 마지막 한 줌의 힘까지 모조리 짜낸다는 절박함으로 그 한 가닥의 활기를 증폭시킨다. 그리고 다음 순간 다시 슬비가 펼쳐진다.

세 번째의 슬비가 펼쳐지고 있다.

퍽!

퍼~ 퍽!

차례로, 아니 동시이다시피 세 번의 완빤치가 작렬했다. 강하지는 않지만, 사내들의 관자놀이에 정확하게 틀어박힌 일격이었다.

사내들이 여지없이 무너져 내린다.

"후아~ 아~!"

벅찬 숨이 터져 나온다. 긴 잠수 끝에 물 밖으로 나와 참고 참았던 숨을 토해낼 때처럼!

순간 다리가 풀린다.

철민은 버티지 못하고, 그대로 바닥에 주저앉고 만다.

목구멍에서부터 비릿한 무엇이 올라온다.

"퉤~!"

뱉은 침에 피가 제법 많이 섞여 있었다. 무리한 만큼 그의 내부에서 뭔가 잘못되었다는 것이리라.

앞서 두 번의 슬비는 계산에 넣지 않더라도, 방금 전 세 번의 슬비를 숨조차 제대로 쉬지 않고 잇달아 펼쳐냈다. 마지막 세 번째에서는 그야말로 온몸의 힘을 짜냈다. 어떻게 그것이 가능했는지 그 스스로도 믿기 힘들 정도다. 아주 죽자고 무리를 한 셈이다.

몸 상태가 더욱 심각해지고 있다. 온몸이 녹초가 된 것처럼 흐물흐물 풀어지는 듯해 꼼짝도 할 수가 없었다.

"제기랄!"

투덜거리는 것조차 힘겹다. 철민은 눈동자만 굴려 주변을 둘러본다. 사무실 안의 광경은 한바탕 전쟁이 휩쓸고 지나간 듯 난장판이다. 꽃무늬 셔츠를 포함한 세 명이 바닥에 널브러져 있고, 매부리코 사내는 벽에 기댄 채 주저앉아 있다.

'혹시 죽은 것 아냐?'

두 눈을 하얗게 치뜬 채 굳어 있는 매부리코 사내의 모습에 철민은 덜컥 겁이 났다. 다른 사내들이야 잠시 기절한 것으로 보였지만, 매부리코 사내의 낯빛은 창백하다 못해 푸르스름하기까지 해서, 정말로 죽은 사람의 얼굴 같았다.

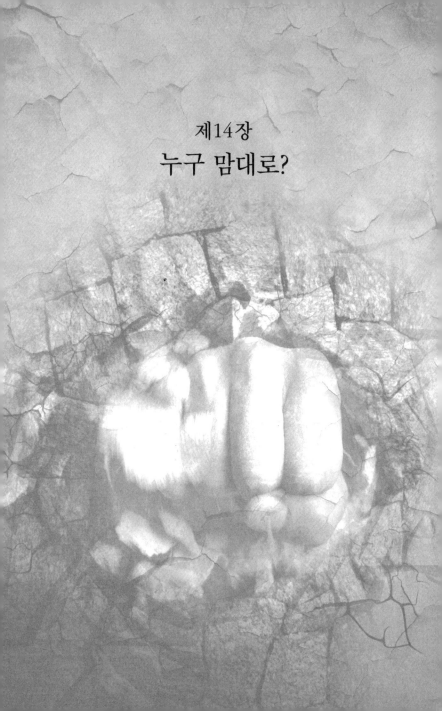

제14장
누구 맘대로?

이거… 마약 맞지?

"어떻게 된 거야?"

사무실 안으로 들어서던 황유나의 두 눈이 휘둥그레졌다. 말과 표정과 몸짓 모두를 동원하여 놀라움을 표시하고 있는 그녀에게 철민은 어떤 식으로 대답해야 할지 몰라 갈등하지 않을 수 없었다.

"나도 잘 모르겠다. 그냥 어떻게 하다 보니까……!"

하고 그 역시도 어리둥절한 체하며 대충 넘어갈까? 아니면,

"용사의 감춰뒀던 비장의 실력이지!"

하고 짐짓 농담조로 슬쩍 비켜갈까?

하긴 그는 지금 말할 기운도 없는 처지였다.

더욱이 그가 길게 고민할 필요는 없었다. 빠르게 사무실을 훑어본 황유나가 곧장 테이블 한쪽에 놓여 있는 물건들을 챙기기 시작했으니까!

그녀의 핸드백과 기자 신분증, 그리고 철민의 것인 몇 장의 영수증과 지폐와 동전 몇 개 등등.

이어 그녀가 재킷과 바지 주머니에서 뭔가를 주섬주섬 꺼내서는 핸드백에다 대충 쑤셔 넣었는데, 부서진 카메라와 휴대폰의 잔해였다. 철민이 사무실 안에서 한바탕 전쟁을 치르는 동안, 그녀는 밖에서 그것들부터 주워 모았던 모양이다.

철민은 바닥에 주저앉은 채 그녀가 하는 양을 그저 보고만 있었다.

기력이 조금씩 회복되고 있었다.

그러나 그 회복 속도는 답답할 정도로 느리다.

스스로의 힘으로 일어서려면 아직 좀 더 기다려야 할 것 같다.

황유나는 그가 계속 바닥에 주저앉아 있는데도, 그의 상태에 대한 염려라든지, 뭔가 조금 이상하다는 정도의 관심조차 가지지 않았다. 테이블의 다른 물건들을 하나하나 살피더니, 지금은 활짝 열린 채 놓여 있는 예의 그 대형 캐리어 안을 살펴보고 있었다.

이윽고 철민은 기력이 조금 더 회복되어, 테이블을 붙잡고 겨우 몸을 일으켜 세운다.

제일 먼저 한 일은, 테이블 밑쪽에 떨어져 있는 권총을 발로 툭 차 벽 모서리의 구석진 곳으로 보내는 것이다. 그리고 그는 다시 주위에 널린 신문지와 옷가지 등을 손 닿는 대로 집어 권총 위로 던져놓았다.

"빨리 나가자!"

철민이 서둘렀다. 언제 놈들의 다른 패거리가 들이닥칠지 알 수 없는 노릇이다. 최대한 빨리 이곳을 빠져나가야만 했다.

그러나 그때 황유나는 어느새 또 사무실 한쪽에 비치된 커다란 캐비닛의 문을 열어젖히고 있었다.

"여기 좀 봐!"

그녀가 손짓해 불렀다.

철민은 마음이 급하더라도, 그녀의 고집을 익히 인정하고 있는 터라 서둘러 그녀에게 다가간다.

캐비닛 안에는 대형 캐리어 두 개가 들어 있었는데, 테이블 위에 놓여 있는 것과 똑같은 형태다.

철민이 그중 한 개를 슬쩍 들어 보려 했는데, 지금 그의 기력으로는 들어 올리지 못할 정도로 무거웠다.

캐리어 안에 무언가 잔뜩 들어 있다는 것이리라. 그리고 그것은 나머지 한 개의 캐리어를 들어 봤을 때도 마찬가지였다.

"좀 열어 봐!"

황유나의 재촉에 철민이 캐리어의 잠금장치를 살펴본다. 제법 정밀해 보이는 다이얼 기구가 장착되어 있다. 비밀번호를 알지 못하는 이상, 쉽게 열 수 없을 것 같다.

그리하여 철민은 황유나를 향해 고개를 가로저어 보인다. 그런 후, 그래도 혹시나 해서 캐리어 양쪽의 개폐 장치를 슬쩍 눌러 본다.

찰칵!

경쾌한 소리와 함께 캐리어가 의외로 간단히 열렸다. 아마도 비밀번호가 맞추어진 그대로인 모양이었다.

캐리어 안에는 커다란 비닐봉지가 몇 개 들어 있었다. 각각의 안에는 밀가루처럼 보이는 하얀 가루가 가득 채워져 있다.

지켜보고 있던 황유나가 재빨리 나머지 캐리어의 개폐 장치를 눌러 본다.

찰칵!

역시나 간단히 열린다. 그리고 그 안의 내용물 역시 같은 것이었다.

"이거… 마약 맞지?"

황유나의 목소리에 흥분이 가득 녹아 있다.

"그걸 내가 어떻게 알아?"

철민이 짐짓 시큰둥하게 받는다.

"틀림없어! 이거, 마약이 확실해!"

"확실하면… 뭘 어쩌려고?"

"가져가야지!"

그 소리에 철민은 펄쩍 뛰고 만다.

"뭐? 얘가 정말 미쳤나? 지금 우리 몸만 빠져나가기도 급한 판국에, 이걸 어떻게 가지고 나가겠다고 그래?"

그러나 황유나는 사뭇 단호하다.

"이 정도면 굉장한 양 같은데, 이대로 두고 갔다가 자칫 밖으로 뿌려지기라도 하면 우리 사회가 어떻게 되겠어?"

"그러니까 일단 여기서 나가자니까? 그리고 바로 경찰에 신고하면 경찰이 와서 처리할 거야."

"저들의 패거리가 먼저 오면?"

그에 철민은 다급하고 답답하기 짝이 없더라도 차마,

"야! 지금 우리가 그런 걱정까지 하게 생겼냐?"

하는 식의 말을 뱉을 수는 없었다. 사실 황유나의 그런 관점에 대해서라면, 그 또한 공감이 되는 바가 있었던 것이다. 다만 지금은 도저히 그런 '관점'을 견지할 만한 형편과 여유가 되지 못한다는 게 문제였다.

그런데 그때였다.

부르르~!

근처 어디선가 휴대폰의 진동이 울렸다. 바로 벽에 기대앉은 채 굳어 있는 매부리코 사내의 주머니에서였다.

황유나가 얼른 매부리코 사내에게로 뛰어간다.

그러나 급하게 사내의 주머니를 뒤지려던 그녀는, 문득 흠칫하고 말았다. 푸르스름한 빛이 돌도록 창백한 안색에 두 눈을 하얗게 치뜬 채 죽은 듯 미동도 하지 않는 사내의 모습에 설핏 섬뜩함을 느낀 듯하다.

하지만 그녀는 이내 대범하게 사내의 상의 주머니를 뒤져 휴대폰을 꺼내 든다.

"받지 마! 아까 밖으로 나간 그자일 거야!"

철민이 급하게 주의를 주었다.

"안 받으면 당장 여기로 달려올지도 모르잖아?"

"그러니까 빨리 여기에서 나가자니까? 지금 당장!"

철민은 이제 정말 다급해지고 말았다. 그의 그런 기색 때문인지 황유나는 순순히 고개를 끄덕인다.

"알았어!"

철민이 곧장 앞장서서 사무실을 나가려 할 때였다.

황유나가 갑자기 분주해진다. 캐비닛 속에서 두 개의 캐리어를 밖으로 꺼내고는, 다시 테이블에 널려 있던 작은 비닐봉지들을 열려 있던 캐리어에 담는다.

그에 철민은 버럭 소리를 지르고 만다.

"야! 너 정말……?"

그러자 황유나가 곧장 버럭 소리를 지른다.

"뭐 하고 있어? 그러고 있는 동안에 얼른 챙겨서 나가겠다!"

결국 철민은 포기하고 만다. 그녀의 말이 맞다.

그녀의 고집을 꺾으려고 헛된 애를 쓰느니, 그러는 시간에 얼른 챙겨서 나가는 게 최선일 것이다.

철민은 테이블에 놓인 캐리어부터 바닥으로 내린다. 묵직했지만, 캐비닛에 들어 있던 다른 두 개에 비해서는 한결 가볍다.

그리하여 철민은 가벼운 캐리어를 황유나에게 맡기고, 나머지 무거운 두 개를 자신이 맡기로 한다.

그나마 다행인 점은 바닥이 평평하여 끌고 갈 수 있다는 것이었다.

드르~ 륵!

드르르~ 륵!

콘크리트 바닥을 구르는 캐리어들의 바퀴 소리가 제법 요란하게 울리는 와중에 철민과 황유나는 서둘러서 403호를 벗어났다.

경찰이 오기 전에!

철민은 나갈 때도 정문이 아닌 후문을 택했다.

그런데 막상 건물의 모퉁이를 돌아서자마자 그는 당장 곤란해졌다. 최대한 포장이 된 바닥을 골라 간다고 했지만, 울퉁불퉁한 데다 곳곳이 움푹 파이기까지 한 까닭이다.

캐리어의 바퀴가 연신 걸리고 빠지니, 더 이상 끌고 가기가 어려웠다. 외곽 담장까지는 50여 미터나 되었다.

세 개나 되는 캐리어를 들어 옮길 엄두도 선뜻 나지 않는다. 캐리어들의 무게는 대강의 짐작으로, 가벼운 게 10kg 정도, 무거운 두 개는 최소 30kg 이상씩은 나가는 것 같았으니 말이다.

"차라리 여기에다 확 쏟아 버리고 가자! 못 쓰게만 만들면 되는 거 아냐?"

철민이 슬쩍 제안했다.

그러나 황유나는 단호하게 고개를 젓는다.

"안 돼! 못 쓰게 만들려면 확실하게 해야지, 어설프게는 안 돼! 일단은 가지고 가는 데까지 가지고 가다가, 어디 바다 같은 데가 나오면 부어버리든가 하자!"

그녀의 생각이 그럴진대 어쩌 철민이 새삼 반항(?)을 하랴? 그는 결국 캐리어를 들어서 옮기기로 한다.

그나마 다행인 점은, 그때쯤 그의 기력이 상당히 회복이 되었다는 것이다.

철민은 황유나에게는 먼저 담장 가까이에 가 있으라고 하고, 캐리어를 하나씩 들어 나른다.

황유나는 구경만 하기가 미안했던지, 맨몸으로나마 그와 함께 움직이면서 힘을 보태는 시늉이라도 한다. 어쨌든 그렇게 세 번에 걸쳐 캐리어들을 외곽 담장 아래까지 다 옮기고 나자, 철민의 전신은 땀범벅이 되었다.

캐리어들을 담장 밖으로 넘겨 놓고 나서 철민이 차를 가져오겠다고 하자, 그녀는 혼자 남아 물건(?)을 지킬 생각까지는 없는지 곧장 철민을 따라나선다.

두 사람은 조심스러운 와중에도 걸음을 서둘러서 차를 세워 둔 곳에 도착했다. 그리고 차에 시동을 걸고 나서도, 라이트도 켜지 않은 채 조용히 서행하여 다시 캐리어들을 놓아둔 곳으로 돌아갔다.

그런데 그들이 막 그 아파트형 공장의 뒤쪽으로 돌아가고 있을 때다.

멀리 앞쪽에서 차량의 불빛들이 번쩍이고 있다. 제법 거리가 떨어졌음에도 불빛들은 꽤나 강렬하다. 아마도 상향등을 켠 채로 질주해 오고 있는 것 같다.

철민은 일단 차를 건물의 그림자 속에 정차시킨 다음에 시동을 껐다. 혹시 놈들의 패거리일 가능성에 일단 대비한 것이다.

잠시 후, 서너 대의 차량이 빠르게 건물을 향해 접근해 온다.

그때부터는 건물에 가려 잘 보이지 않았지만, 불빛과 소리만으로도 차량들은 정문을 통해 건물의 경계 안으로 진입하고 있었다.

이어 차량들이 급하게 멈춰 서는 소리와 적어도 10여 명은 넘는 인원이 우르르 뛰어가는 발소리가 부산하다. 아마도 곧장 건물 위층으로 뛰어 올라가는 것 같았다. 철민의 짐작은 그대로 들어맞았다.

놈들이었다. 놈들의 패거리가 이곳에 이상이 생겼음을 직감하고 곧장 달려온 것이리라.

철민이 패거리들의 동향에 온 신경을 집중하고 있을 때 황유나가 불쑥 휴대폰 하나를 꺼낸다. 낯선 것이었는데, 아마도 매부리코 사내의 것을 챙겨 온 모양이다.

황유나의 손가락이 부지런히 움직인다. 아마도 경찰에다 이곳의 상황을 설명하고, 또 긴급히 출동을 해달라는 내용을 보내는 것이리라.

"경찰에 신고하는 것이면, 차라리 직접 통화를 하지?"

철민이 슬쩍 뒤늦은 간섭을 했다.

황유나는 가만히 고개를 가로젓는다. 그러더니 느닷없이 휴대폰의 배터리를 분리해 낸다. 그리고 나서야 말을 받는다.

"아냐! 마약 수사대와 경기경찰청 상황실에 문자 신고를 해놨어! 그러니까 우린 이쯤에서 뒤로 빠지는 게 좋겠어!"

"뭐, 뒤로 빠진다고?"

"응! 일단은 그러는 게 좋겠어!"

"왜……?"

"생각을 좀 해 봤는데, 자칫 일이 복잡해질 수가 있겠더라고!"

"그럼 넌……? 취재는 어떻게 되는 건데……?"

"그건… 몇 가지 경우와 가능성을 열어 두고 고민을 좀 해봐야겠어! 우선은 돌아가는 상황부터 지켜본 다음에……!"

그녀는 문득 가볍게 실소를 머금는다.

"어차피 카메라도 다 박살이 나버렸잖아? 그리고 지금 이런 마당에 취재가 무슨 대수겠어? 우리가 이렇게 무사하다는 것만도 감사한 일이지!"

이어 그녀는 다시 정색을 한다.

"미안해! 너무 내 욕심만 부려서! 그리고 고마워!"

갑작스러운 말이었다.

철민이 당황스러워서 그저 묵묵히 있을 때, 건물 앞쪽이 다시금 분주해졌다.

급한 투로 외치는 소리, 그리고 다시 요란한 시동 소리와 타이어가 겉돌며 급출발하는 소리가 급박하게 어우러지고 있다.

금세 다시 정적이 찾아왔다. 그러나 철민과 황유나는 당장 움직여 볼 엄두를 내지 못한다.

"빨리 여길 떠나자! 경찰이 오기 전에!"

먼저 서둔 것은 오히려 황유나였다.

'경찰 오기 전에?'

그 말은 설핏 이상하게 들렸다.

그렇더라도 철민은 곧장 시동을 걸었다.

누구 마음대로 안 해?

서울로 가는 고속국도로 들어서고 나서야 철민은 비로소 안도의 숨을 내쉴 수 있었다.

　오늘 하루 얼마나 엄청난 일들을 겪었는지 새삼 실감이 나면서도, 한편으로는 멍해지는 기분이다.

　황유나는 내내 침묵을 지키고 있었다.

　새삼스러운 자책이 그녀의 마음을 무겁게 짓누르고 있었다.

　기자로서 취재 현장에서 지켜야 할 기준과 범주라는 게 분명 존재할 것인데, 그녀는 그것들을 너무 쉽게 도외시했다. 또 너무 겁없이 그 경계선을 넘어버렸다.

　차가 달리면서 내는 일정한 소음뿐, 차 안에는 정적만이 흐른다.

　철민은 불현듯이 엄습하는 한 가닥의 막연한 두려움에 맞닥뜨리고 말았다.

　사실은 이미 진즉 불안해하고 있었는데, 잠시도 긴장을 놓지 못하는 상황들 때문에 한동안 억눌러 두고 있었던 것이리라.

　매부리코 사내에 대해서였다.

　하얗게 치뜨고 있던 두 눈, 그리고 푸르스름하게 변색된 그의 낯빛이 새삼 생생하게 눈앞을 스쳐 지나갔다.

목울대 부근은 살짝만 충격을 받아도 당장 숨이 막히고 마는 급소였다.

그런 급소를 있는 힘을 다해 찔렀으니······!

'혹시··· 정말 죽은 건 아닐까?'

불안이 치달았지만 이윽고 무거운 압박감이 짓눌러 오기 시작했다.

철민은 저도 모르게 머리를 세차게 흔들었다.

"왜 그래?"

황유나가 걱정스럽게 묻는다.

"아, 아냐! 졸음이 좀 와서······!"

철민은 대충 얼버무리고 넘어가려 했다. 그러나 황유나가 빤히 바라봐, 무슨 책이라도 잡힌 심정이 되어 다시금 주섬주섬 말을 꺼내고 만다.

"사실은··· 아까 그 사람 말이야······."

철민에게 대강의 사정을 듣고 난 황유나 역시 설핏 걱정되기는 마찬가지다.

그녀 역시 매부리코 사내의 모습에서는 섬뜩함을 느꼈던 바가 아니던가? 그러나 이미 벌어진 일이었다.

철민의 불안이 사실이라고 하더라도 이미 돌이킬 수 없게 되어버린 것이다.

"괜한 걱정이야! 사람이 어디 그렇게 쉽게 죽는대? 아마도 지금쯤은 생생하게 깨어나서 우리를 잡으려고 난리를 치고 있을걸?"

그리고 황유나는 슬쩍 덧붙인다.

"근데… 너 진짜 대단하더라!"

황유나가 가볍게 떠올리는 장난기 서린 미소에 대해 철민은 짐짓 퉁명스럽게 받는다.

"갑자기 무슨 소리야?"

"완빠치가 괜히 완빠치가 아니었어! 진짜로 끝내주던데?"

그 말에 철민은 괜스레 어깨에 힘이 들어갔다. 유치하거나 말거나!

그때 황유나가 그의 옆구리를 툭 치며 덧붙인다.

"앞으로도 종종 부탁할게!"

철민은 반사적이다시피 고개를 가로젓는다.

"노! 사양할게! 네버! 네버, 노 땡큐다!"

황유나가 배시시 웃으며 받는다.

"안 한다고? 누구 마음대로 안 해?"

"누구 마음대로? 내 마음대로다!"

"안 돼! 넌 내 전용 보디가드야! 내가 부르면 언제든지 와야 해! 앞으로도 쭉!"

황유나의 단호한 선언이었다.

철민은 어이없기보다는 입맛이 썼다. 그렇지만 역시나 기분이 나쁘진 않았다. 유치하거나 말거나!

　두 사람은 다시 침묵 속으로 빠져든다.

　차는 끝없을 것 같은 어둠의 터널을 한없이 질주해 가고
있다.

　'저 어둠의 터널을 빠져나가면, 모든 게 원래대로 돌아가 있
지 않을까? 마치 아무 일도 없었던 것처럼!'

　철민은 문득 그런 생각을 해보았다.

　집까지 데려다주겠다고 했지만 황유나는 집에서 가깝다며
굳이 지하철역 부근에 내려달라고 했다.

　'집을 알려 주기 싫은 건가?'

　그런 생각까지 들기에 철민은 괜히 씁쓸해졌다.

　황유나를 내려 주었을 때의 시간은 벌써 밤 12시쯤이었
다.

　철민은 곧장 원룸으로 가려다가 마음을 바꿔 낙원상가 쪽
으로 차를 돌렸다. 세 개의 캐리어 때문이다.

　원래는 오는 길에 어디 바닷가에라도 들러 쏟아 버리려는
생각도 했지만, 그냥 서울까지 싣고 와 버린 것이었다.

　어쨌든 뒷좌석에 실어 놓은 채로 두기에도 찜찜하고, 그렇
다고 원룸으로 옮겨다 놓기는 더욱 꺼림칙해 일단은 상가로
가져가 어떻게 처리해 볼 작정이었다.

　　　　*　　　　*　　　　*

　이미 자정을 넘긴 시간의 낙원상가 지하 주차장은 텅 비다시피 해 한산하기만 했다.

　다행이었다. 그렇지 않고 누군가와 마주친다면 대형 캐리어를 한꺼번에 세 개씩이나 끌고 엘리베이터를 타는 그의 모습을 보며 어떤 엉뚱한 오해를 할지 모를 일이었다.

　7층의 관리 사무소는 잠겨 있었다.

　처음에 철민은 굳이 사무실로 들어갈 것 없이 그냥 적당한 층의 화장실로 가서 캐리어 속의 내용물을 변기에 부어 버릴까 생각도 해보았다.

　그러나 보는 사람이 없다고는 하나, 자정이 넘은 시간에 화장실에 들어가서 그런 짓(?)을 하기란 스스로 생각하기에도 영 이상한 노릇이었다.

　사실은 어쨌든 황유나와 한 번은 더 확실하게 얘기를 하고 난 다음에 처리를 하는 게 좋을 것 같아서였다.

　번호 키를 열고 사무실 안으로 들어간 철민은 잠시의 고민 끝에 다시 대표실로 들어갔다.

　평상시 잠그고 다닐 일이 없어서 대표실의 문은 열려 있었다. 하긴 잠겨 있더라도 문 바로 옆의 벽면에 보란 듯이 열쇠가 걸려 있기도 했지만!

철민은 안쪽 벽면 구석에 세워진 캐비닛을 열었다.

거의 쓰지 않고 있는 캐비닛인데, 6층의 사무실 하나를 임대해 쓰던 소규모 무역 업체가 사무실을 비우고 나가면서 버려두고 간 물건을, 알뜰한 육 소장이 벽장 대용으로 쓰면 되겠다며 가져다놓은 것이다.

외관상으로는 어디 부서진 곳 없이 멀쩡했지만, 잠금장치가 내장식으로 되어 있지 않고, 큼직한 잠금 고리에다 자물쇠를 채우도록 되어 있었는데, 한마디로 구식이었다.

어쨌든 캐비닛 안에다 캐리어 세 개를 차례로 넣긴 했다. 그러나 역시 캐비닛을 잠글 자물쇠가 없다는 데 대해 철민은 괜스레 불안한 느낌이 들었다.

새삼스레 캐리어들을 자세히 살펴보니 꼼꼼한 디자인이나 튼튼함으로 보아 확실히 고급이었다. 스파이 영화에 나오는 특수 가방 '삘'이 난다고 할까?

캐리어의 잠금장치를 잠시 자세히 살펴보자니, 비밀번호 재설정에 대한 기능을 알 것도 같았다.

철민이 시험 삼아 캐리어 한 개의 비밀번호를 재설정하고 다이얼을 임의로 돌렸다가 새로운 비밀번호로 다시 맞추었다.

찰칵!

열린다. 다행히도(?) 성공이었다.

철민은 이어 나머지 두 개의 캐리어의 비밀번호도 재설정
했다.

그러고도 그는 대표실의 문까지 잠갔다. 벽에 걸려 있던 키
를 주머니에 챙겨 넣었음은 물론이고.

제15장
위약 효과

영화에서 보면

정화조에서 돌연변이 괴물이 막 생겨나고 그러기도 하잖아?

철민은 느지막이 일어나 원룸을 나섰다.

상가로 출근하는 길에 보니 동네 철물점이 문을 열었기에
자물쇠를 하나 샀다.

만 원짜리인데 꽤나 크고 튼튼해 보였다.

철민이 관리 사무소로 들어섰을 때, 마침 무슨 일이라도 있

는지 육 소장을 비롯해 사무실 사람들 모두 대표실 앞에 모여 있었다. 철민이 슬그머니 뒤쪽으로 다가설 때까지 누구도 알아채지를 못한다.

과연 그 문제였다. 청소하는 아주머니가 다른 날처럼 청소를 하려고 대표실로 들어가려는데 문이 잠겨 있었고, 뒤늦게 출근한 육 소장 등은 또 벽에 걸려 있던 키마저 사라진 것을 발견했다.

"지난밤에 도둑이 든 것 아닌가?"

"그렇게 보기에는 이상한 것이… 도둑이 들어왔다면, 왜 굳이 대표실 문을 잠그고 키까지 가져갔을까요?"

"어쨌든 없어진 물건이 있는지 각자 점검들 해보도록!"

하는 등등의 얘기들이 오가고 있는 중이었다.

"엇… 대표님?"

등 뒤에 와서 선 철민을 먼저 발견하고 외친 것은 강혁수였다.

그러자 육 소장과 한상운, 청소하는 아주머니까지 화들짝 놀라 뒤를 돌아보고는 저마다 철민의 손을 잡거나, 꾸벅 고개를 숙이거나, 환하게 웃으며 반가움을 표시한다.

철민은 비로소 마음이 풀어지는 느낌이다. 지난밤에 서울로 와 원룸에서 하룻밤을 잤지만 이제야말로 정말 집에 돌아온 느낌이랄까? 푸근하고 편안하다. 반갑고 정겨운 느낌에 괜히 코끝이 찡한 것 같다. 그리고 고맙다. 이곳이 아니라면, 이 곳의 사람들이 아니라면 사고무친의 그가 또 어디에 가서 이런 편안함과 정겨움을 누려볼 수 있을까?

철민은 사람들과 반갑게 인사하고 나서도 한참을, 지난 열흘여 간의 여행(?)에 대한 사람들의 관심과 궁금증에 대해 간략하게나마, 그리고 어떤 부분에 대해서는 약간의 허구까지 섞어 대답해 주어야만 했다.

"자세한 얘기는 나중에 또 천천히 하기로 하지요!"

그렇게 핑계 삼아 말하고 나서야 철민은 사람들로부터 벗어날 수 있었다. 그리고 대표실로 들어가려고 주머니에서 열쇠를 꺼내는데 등 뒤가 영 근질거렸다. 모두가 의아한 눈으로 그를 쳐다보고 있었다. 감쪽같이 사라졌던 대표실의 열쇠가 그의 주머니에서 나오는 걸 본 까닭이리라.

철민은 하루 종일 인터넷 뉴스를 검색했다.

그러나 그가 찾고자 하는 부분에 대해서는 이렇다 할 내용이 없었다.

경찰에 보낸 황유나의 익명 문자 신고가 무시되었거나, 혹은 경찰이 뒤늦게 출동했다고 하더라도 놈들이 이미 깨끗하게 정리하고 떠났을 현장에서 별다른 수확을 거두지 못한 것이리라.

한편 그처럼 아무 곳에서도, 아무런 언급도 없어서 역설적으로 그런 생각도 드는 것이었다.

'뉴스거리가 될 것도 없는 시시한 사건이었나? 별것도 아닌 것을 나와 황유나 둘이서만 지레짐작으로 난리를 쳤던 것인가?'

철민은 황유나의 연락도 기다렸다. 그녀라면 또 다른 계통으로 무슨 정보를 들었을 수도 있겠다 싶어서였다. 그러나 감감무소식이다.

그렇다고 먼저 전화를 해보는 건 또 그래서, 철민은 종일 마음만 싱숭생숭했다.

4시 반쯤.

일찍 퇴근이나 해야겠다고 마음을 먹은 철민이 슬슬 일어서려 할 때, 육 소장이 불쑥 대표실로 들어온다.

"대표님! 오늘 회식 있습니다! 5시에 모두 함께 가기로 했으니, 대표님도 시간 맞춰 준비하십시오!"

사뭇 일방적인 통보에 철민은 갑자기 무슨 회식이냐고 미처 묻지도 못하는데,

"대표님 귀환 축하 회식입니다!"

육 소장이 빙그레 웃으며 덧붙이고는 대표실을 나갔다.

황유나에게서 전화가 온 건 그때였다.

―그거, 어떻게 했어?

다짜고짜 묻는 말에 철민은 당황스러워 저도 모르게 목소리를 죽이며 되묻는다.

"그거라니, 뭐?"

물론 '그것'이 무얼 말하는지 철민도 당연히 알았다.

―뭐긴? 어제 그 물건들 말이지!

"아, 그거……?"

―그래! 어떻게 했어?

"그거야… 진즉 버렸지!"

철민은 짐짓 시치미를 뗐다. 무슨 별다른 뜻이 있어서는 아니다. 다만 그럼으로써 그것이 주는 꺼림칙함과 걱정으로부터 그녀를 홀가분하게 해줄 수도 있으리라는, 사뭇 즉흥적인 생각이었다.

―버렸다고? 어디에다?

황유나가 곧장 반문했다. 그러나 크게 놀랐다거나, 혹은 따지고 든다거나 하는 느낌은 별로 없었다.

철민은 계속 시치미를 뗀다.

"화장실에!"

―화장실?

"그래! 비닐봉지를 죄다 뜯어서 변기에다 붓고, 시원하게 물 내려 버렸다, 왜?"

황유나는 어이가 없어진 모양이다. 전화기 너머가 잠시 조용하더니 문득 피시시! 하고 가볍게 웃는 소리가 들린다. 그리고 그녀가 물어온다.

─전부 다?

"응! 캐리어 세 개 전부 다!"

다시 잠깐의 침묵이 흐르더니 문득,

─호호호!

하고 황유나의 짜랑한 웃음소리가 들려왔다. 그리고 이어지는 그녀의 목소리는 한결 유쾌했다.

─근데 괜찮을까?

"뭐가?"

─그거 꽤나 양이 많았는데……. 그 왜, 영화에서 보면 정화조에서 돌연변이 괴물이 막 생겨나고 그러기도 하잖아?

그 말에 철민도 피식 웃음이 나고 만다.

그녀가 여전히 유쾌한 투로 덧붙인다.

─아무튼 잘했어! 그걸 어떻게 처리해야 할지, 무지 걱정했거든?

철민은 언뜻 애매해질 때 그녀가 다시 이었다.

─어제 일 고마워서 저녁에 술 한잔 사려고 했는데, 갑자기 급한 일이 생겼지 뭐야? 대신 나중에 근사하게 함 쏠 테니까, 기대해!

안 그래도 방금 전에 회식이 잡힌 참이라, 철민은 다행이다 싶었는데,

"사실은……."

하고 황유나가 말꼬리를 늘였다. 그러더니 빠르게 말을 쏟아놓기 시작한다. 철민의 반응이나 사정 따위는 상관없다는 듯이 일방적이다.

그녀의 이번 취재 건은 결국, 그녀의 소속 팀의 첫 번째 기획 취재 프로젝트 선정에서 탈락되었다고 한다. 그리하여 그녀는 최종 채택된 다른 팀원의 테마 중 세부 파트 하나의 취재를 맡았다고 했다. 뭐 그런 얘기였다.

철민은 가만히 듣기만 했다. 솔직히 또 무슨 불똥이 튀지나 않을까 하는 걱정이 은근히 되기도 했다. 그러나 적어도 그런 걱정은 미리 하지 않아도 될 뻔했다.

—아이고… 바빠서 이만 끊어야 되겠다. 나중에 다시 연락할게!

혼자서 수다를 떨더니, 그녀는 또 서둘러 전화를 끊어버렸다.

철민이 쓴웃음을 짓고 있을 때였다.

"자자! 이만 정리들 하고 나갑시다~!"

바깥에서 육 소장이 외치고 있었다. 마치 철민이 들으라는 듯!

이어 모두 책상을 정리했다. 철민도 책상 위의 것들을 대강 치우고 대표실을 나오는데, 문득 갈등(?)이 생긴다.

'문을 잠글까?'

그러나 아침에 작은 소동도 있어서 괜히 눈치가 보였다. 철민은 결국 그냥 열어두기로 했다. 어차피 캐비닛에는 만 원짜리 커다란 자물쇠가 튼튼하게 채워져 있었으니까.

　　　여기 카드 안 돼! 무조건 현금 박치기야!

다시 일상이 이어지고 있다. 특별할 것 하나 없는 익숙하고도 평범한 일상이!

철민은 그런 익숙함과 평범함에 만족했다.

호리암에서 보낸 열흘여 동안은 마치 다른 세상이었다.

세상과 아주 동떨어진 오지에서나 누려볼 수 있을 무소유의 평정과 그것이 주는 초월 혹은 초탈적인 평화는 무척이나 좋았다.

그러나 그런 게 좋다는 건 아무래도 잠깐에 불과할 것이다.

그런 곳에서 조금 더 머물렀다면, 이내 불편해지고 말았을 것이다.

그런 건 아무래도 평범한 범주가 아닌, 비범한 범주에 속한다고 해야만 하는 것이니 말이다.

그는 그냥 세상 속에서, 사람 냄새 나는 사람들 속에 섞여서, 이런저런 사소한 일을 공유하고 부대끼며 살아가는 일상이 좋았다. 그냥!

철민은 호리암에서 얻은 것들 중 한 가지에 대해서만은 예외적으로 그의 일상에다 추가해 놓았다. 아니, 추가를 해둔 정도가 아니다. 그는 아예 중독이 된 것 같다.

하루에 두 번! 아침에 막 눈을 떴을 때와 밤에 자기 전! 그야말로 장소 불문, 상황 불문으로 반드시 하지 않으면 영 개운치 않고 찜찜해졌다.

깨꿈이다.

그는 시간이 갈수록 깨꿈의 매력, 아니 마력에 더욱 매료되었다.

예를 들면, 요즘 그는 깨꿈을 통해 신체의 기능들이 상당 부분 강화되고 있는 느낌마저 받고 있었다.

구체적으로 어떤 기능의 강화를 말하는 것이냐고 묻는다면?

눈도 밝아지고…

귀도 밝아지고…

아침마다 텐트도 열심히 쳐지고…

뭐 그런 것들이다.

물론 깨꿈의 효능(?)에 대해, 보다 객관적인 관점을 들이대
자면,

'그런 것 같다!'

혹은

'그런 느낌이다!'

라고 하는 게 정확할 것이다.

같은 맥락에서, 깨꿈을 무슨 초월적인 현상 같은 것으로 치
부하거나 맹신한다는 건 결코 아니다. 다시 한 번 분명히 하
는 것이지만, 그는 초월이니 뭐니 하는 것들을 별로 좋아하지
도 않는다. 다만 이제쯤 그는, 깨꿈에 대해 좀 더 분명하거나
혹은 진일보(進一步)한 정의 내지는 잠재적 결론 몇 가지를 도
출해 놓고 있었다.

첫 번째는, 깨꿈이 어떤 실제적이 현상이라기보다는 그 혼
자만의 느낌일 뿐이라는, 사뭇 새삼스러운 정의이다.

호리암에서 그가 겪었던 황당하다 못해 '판타지적'이기까지
한 경험들이 만에 하나 실제라고 한들, 그것은 단지 호리암처
럼 세상과 완벽히 격리된 환경에서나 가능한 일일뿐이다. 이
제 다시 혼잡한 세상으로 나온 이상, 결코 가능하지 않을 것
이라는 것이다.

그럼으로써 깨꿈의 효능은 역시나 '그런 것 같다!' 혹은 '그
런 느낌이다!' 정도의 것일 뿐이다. 덧붙이자면, 일종의 플라시

보 효과 같은 것이라고 해도 좋을 것이다. 그 왜 있지 않은가? 달리 위약(僞藥) 효과라고 하던가? 약효가 전혀 없는 가짜를 진짜로 믿게 하고 환자에게 복용토록 했을 때, 환자의 병세가 정말로 호전되더라는 그런 것 말이다.

두 번째는, 깨꿈의 효능이 그 혼자만의 느낌이거나 위약 효과 같은 것일 뿐인 이상, 그것이 언제까지고 지속될 수는 없을 거라는 짐작이다. 아니, 단정이다.

세 번째는, 그리하여 깨꿈의 마력이 조만간 물거품처럼 허망하게 사라지게 된다고 할지라도, 미리 깨꿈을 그만둘 이유는 조금도 없으리라는 것이다.

그렇지 않은가? 그것을 하기 위해 돈이 들거나, 크게 시간과 노력이 드는 것도 아닌데! 그저 가만히 몰입만 하고 있으면 되는 손쉬운 일인데 말이다.

―우리 어디서 볼까?

황유나로부터의 전화였다. 하여간 그녀답다. 보름이 넘도록 문자 한 통이 없더니, 불쑥 전화를 해서는 대뜸 한다는 소리가 그러니 말이다.

"왜, 무슨 일 있어?"

대답이 불퉁하게 나가게 되는 건, 철민으로서도 어쩔 수 없었다.

―얘는……?

황유나의 말꼬리가 살짝 올라갔다. 그리고 이어지는 말투는 별로 곱지가 않다.

―내가 한턱 쏘겠다고 했잖아? 나 바빠! 어디서 만날지나 빨랑 말해!

이건 또 무슨 억지인지! 어쨌거나 철민은 슬쩍 숙일 수밖에 없었다. 세계 평화를 위해서!

"갑자기 생각나는 데는 없는데… 그냥 거기 어때?"

―거기, 어디?

"윤수원이네 까페 말이야! 거기 가서 간단히 맥주나 한잔하지, 뭐."

그런데 철민이 기껏 대답을 짜냈더니, 황유나가 단번에 퇴짜를 놓는다.

―거긴 좀 그렇다. 그리고 내가 큰맘 먹고 한번 쏘겠다는데, 기껏 맥주가 뭐니?

그에 철민은 또 얼른 말을 바꾸는 수밖에!

"아, 그래? 그럼 다른 데로 하지, 뭐!"

철민의 재빠른 반응(?) 덕에 황유나는 금세 또 기분이 풀린 것 같다.

―우리 어디 근사한 데로 가자!

"좋지!"

―내가 좀 알아보고 문자 보낼게! 일단 시간은 7시야! 오케이?

역시나 그러는 데야 철민이 또 뭐라고 할 것인가?

"오케이!"

황유나가 만나자고 한 곳은 지하철역이었다. 만나기 제일 좋은 곳이라며.

그녀는 철민을 역 뒤편에 있는 어느 실내 포장마차로 데리고 갔다.

그녀를 따라 가게 안으로 들어가던 철민은 괜스레 웃음이 났다. 장소가 기대했던 것에 영 못 미쳐서는 아니다. 가진 돈으로 치자면 누구 부럽지 않은 자산가라고 할 수 있었다. 그러나 제대로 술맛을 구분하지도 못하는데, 괜히 비싸기만 한 와인이니 양주니 하는 따위들보다는 익숙한 짜릿함의 소주가 좋다. 또한 고급스럽다느니 우아하다느니 하는 따위의 분위기보다는, 이런 포장마차의 분위기가 오히려 편안하다.

그렇더라도 철민이 짐짓 투덜거려 본다.

"근사하다는 데가 여기였어?"

황유나는 슬쩍 멋쩍은 표정을 지어 보인다. 그러나 막상은 태연한 기색이다.

"아무래도 안 되겠더라고!"

"뭐가?"

"처음부터 비싼 데 가서 폼 잡고 마셔대다가는, 내 알량한 월급 가지고는 도무지 감당이 안 될 것 같아서 말이야!"

그에 철민은 뭐라고 받아줄 말이 마땅하지가 않았다. 멀뚱히 보고만 있을 수밖에!

그녀가 싱긋 웃으며 말을 이었다.

"일단 여기서 1차로 배 좀 채우고, 그다음 2차로 근사한 데로 모실게!"

어이없기도 하고 귀엽기도 해서, 철민은 슬쩍 딴지를 건다.

"1차에서 배부르면, 2차는 그냥 날아가 버리는 거고?"

황유나는 짐짓 눈꼬리를 추켜세운다.

"얘는? 사람을 어떻게 보고?"

철민이 피식 실소하고는 가벼운 투로 제안한다.

"우리 이렇게 하자!"

"어떻게?"

"이 자리는 내가 내는 걸로!"

황유나가 다시금 슬쩍 눈꼬리를 올린다. 그러나 그녀는 이내 흥미롭다는 듯 묻는다.

"왜? 얘기가 왜 갑자기 그렇게 되는 거지?"

"이유야 간단하지! 2차를 온전하게 보존하기 위해서! 진짜로 근사한데 가서 폼 잡고 한번 마셔 보려고!"

황유나가 잠시 철민을 빤히 쳐다본다. 그러더니 불쑥 묻는다.

"그거 알아?"

"뭘?"

"여기 카드 안 돼! 무조건 현금 박치기야!"

철민 애써 실소를 참는다. 그리고 짐짓 느긋하게 대답해 준다.

"괜찮아!"

황유나는 장난스러운 얼굴이 된다.

"좋아! 그럼 나 맘껏 먹어도 되는 거지?"

철민은 짐짓 과장스럽게 받아준다.

"얼마든지! 내가 요즘 지갑이 꽤 두둑하거든!"

"호, 그러서? 혹시 로또라도 당첨되셨나?"

황유나의 그 말에는 철민은 괜히 뜨끔했다. 마치 치부라도 들킨 것처럼!

"로또……? 흠… 뭐 그렇다고 할 수 있지!"

철민은 시인(?)하고 말았다. 그러자 황유나는 재미있는 농담이라도 들었다는 듯이,

"호호호!"

하고 한바탕 짜랑하게 웃어젖힌다. 그러더니 불쑥 손을 내민다.

"내놔 봐!"

"……?"

"지갑!"

황유나의 장난에 장단을 맞춰, 철민이 지갑을 꺼내 슬쩍 안을 열어 보여준다.

"오호! 5만 원짜리가 제법……?"

황유나가 짐짓 감탄을 뱉더니, 곧장 목청을 돋운다.

"이모~! 여기요~!"

서빙하는 아주머니가 오자, 황유나는 기세 좋게 주문을 한다.

"우리, 일단 소주 두 병 하고요! 안주는… 이 집 인기 1순위부터 2순위까지, 각 2인분씩 주세요!"

제16장
남친 노릇

아아! 호구다! 호구!

황유나는 이런저런 말들을 가져다 붙이며 연신 건배를 외쳤다. 그런 바람에 철민이 또한 억지 춘향으로 술잔을 비워 내야만 했다. 그러다 보니 처음 시킨 소주 두 병은 금세 바닥을 보였다.

"넌 여자애가 그렇게 술 마시다가 어디 시집이나 가겠냐?"

철민이 소주 두 병을 더 시키면서 슬쩍 핀잔을 주었다. 사실 그녀의 술버릇에 대해서는 전부터 한 번쯤 쏴 주고 싶기도 했다.

"시집……?"

황유나가 짐짓 시큰둥하게 반문했다. 그러더니 픽! 웃으며 덧붙인다.

"누가 가긴 한대냐? 그리고 가더라도 너한테 가겠다고는 안 할 테니까, 그런 걱정일랑 하덜덜덜 마셔!"

황유나의 그런 반응에 대해 철민이 괜히 입맛이 쓰다.

그녀가 다시금 배시시 웃으며 말을 잇는다.

"근데 나야 기자랍시고 '맨땅에 헤딩' 정신으로 여기저기 부 딪치고 다니다 보니, 느는 게 술밖에 없어서 그렇다 치고! 너 도 그새 술이 꽤 는 것 같다? 혹시 무슨 보약이라도 먹은 거 야? 백 년 묵은 산삼이라든지, 뭐 그런 거 말이야!"

철민이 피식 웃고 만다. 그런데 설핏 생각해 보니 그런 것 같기도 하다. 술이 꽤 세진 것 말이다.

'역시 깨꿈의 효능인가?'

철민의 생각이 슬쩍 그런 쪽으로 옆길을 탔다.

"그런데 말이야! 있잖아……?"

슬그머니 운을 떼며 철민을 바라보는 황유나의 눈길이 사 뭇 은근해졌다.

철민은 반사적으로 눈길을 피한다. 고혹적이어서? 아니다. 문득 불길한 느낌이 들어서다.

'얘가 또 무슨 얘기를 꺼내려고……?'

그런데 제기랄! 아니나 다를까?

"지난번에 얘기했던 거 있잖아?"

"지난번에 뭐? 무슨 얘기를 했었는데?"

철민이 지레 퉁명스럽게 받았다.

그러나 황유나는 꿈쩍도 하지 않고 찬찬히 말을 잇는다.

"내 게 탈락되고, 다른 팀원의 테마가 우리 팀의 첫 번째 기획 취재 프로젝트로 최종 채택되었고, 나도 그 세부 파트의 취재를 맡았다고 했잖아?"

"그랬어?"

철민이 짐짓 처음 듣는 얘기라는 표정을 지어 보였다.

그러나 황유나는 여전히 차분하기만 하다.

"풀살롱이라고 들어봤어?"

"아니, 전혀!"

"소위 기업형 룸살롱이야! 한자리에서 술 마시고, 노래하고, 아가씨하고 2차까지 가능한 곳이지!"

"그런데?"

"이번 취재가 그곳에 대해서야!"

철민은 아예 시선을 다른 데로 돌려놓고 딴전을 피운다.

'그게 나하고 무슨 상관인데?'

그런 시위인 셈인데, 황유나가 묘한 미소를 머금은 눈빛으로 그를 빤히 응시한다.

'제기랄!'

자칫하다가는 또 무슨 불똥이 튈 것만 같은 불길한 예감이 그를 엄습한다. 아니나 다를까?

"어때?"

황유나가 불쑥 물었다.

그 짧은 물음에 내포된 강렬한 느낌에 철민은 팅기듯이 반응했다.

"너… 설마 이번에도 날 끌어들이려는 건 아니겠지?"

황유나의 눈빛에 머금어져 있던 웃음기가 슬그머니 짙어진다. 그리고…

"맞아!"

부드러우면서도 분명한 시인이었다.

철민이 단호하게 받는다.

"안 돼! 난 못 해! 안 해!"

황유나의 입꼬리가 묘하게 비틀린다.

"그래? 그럼 나 혼자 해? 거기 성매매도 이뤄지는 곳인데? 나 혼자 들어갔다가, 혹시 일이 잘못되면 험한 꼴을 당할 수도 있는데? 그래도 괜찮아?"

철민은 갑자기 가슴이 답답해진다. 숨이 콱콱 막히는 것만 같다.

'후우~!'

표시 나지 않게, 숨을 한번 들이쉬고 나서야 그는 겨우 답답한 가슴을 추스른다.

"지금 나 협박하는 거야?"

철민이 눈빛에 힘을 주며 목소리를 가라앉혔다.

그러나 그녀는 오히려 쏘아보듯이 마주 시선을 부딪쳐 온다.

"그래, 맞아! 나 지금 너 협박하고 있는 거 맞아!"

황유나의 그 말은 아주 당당하기까지 했다.

이윽고 철민은 고개를 절레절레 내저으며 입속말로 응얼대듯이 투덜거린다.

"참 나! 뭐 이런 꼴통이 다 있는지 몰라?"

그런데 그걸 또 들은 모양이다. 황유나의 눈꼬리가 대번에 확 추켜 올라간다.

"뭐, 꼴통? 너 지금 막 나가자는 거야?"

날카롭게 쏘아붙이는 체를 했지만, 그녀는 막상 진짜로 성질 머리를 부리는 것은 아닌 느낌이다. 철민이 그런 데 힘입어,

"공주님이랄 때는 언제고, 이젠 꼴통이래냐?"

하는 그녀에게 다시금 슬쩍 빈정거려 준다.

"공주님은 무슨……?"

황유나가 샐쭉 눈을 흘기며 받는다.

"너 휴대폰에도 그렇게 찍혀 있잖아? 아니야?"

"그거야 네가……."

"아, 됐고! 공주건 꼴통이건 간에 어쩔 거야? 나 혼자 해? 위험을 무릅쓰고, 그 악의 소굴로 혼자 들어가서, 장렬하게 산화해 버려?"

"아, 씨……!"

하다가 철민이 흠칫 입을 닫고 말았다. 자칫 욕이라도 나왔다가는, 그때는 정말로 감당하지 못할 상황을 맞게 될 것이다.

'씨' 자만 나왔는데도, 황유나는 지레 놀랐다는 듯 두 눈을 동그랗게 만들어 보인다. 그 두 눈이 다시 샐쭉하게 변하기 전에 철민은 얼른 고개를 끄덕였다. 아니, 끄덕이고 말았다.

"알았다! 그래, 하자! 해! 풀살롱인지 뭔지 모르겠지만, 일단 하는 걸로 해두자!"

황유나가 대번에 만족스럽다는 기색으로 짜랑한 웃음을 터뜨린다.

"호호호! 그렇지! 그래야 내 용사지!"

그녀가 문득 웃음기를 거둔다. 그러더니 전혀 다른 분위기를 만들어내고 있다.

"사실은 네가 어떻게 나오는지 보려고, 그냥 한번 해본 소리야!"

"뭐……?"

"풀살롱 건은 진즉 취재가 끝났어. 지금 편집 중에 있고, 조만간 방송 탈 거야!"

그 천연덕스러운 소리에, 철민은 정말 화가 치민다.

"야! 재미로 할 소리가 따로 있지, 그런 얘기를 어떻게 재미로 하냐? 사람 놀리는 것도 아니고!"

황유나는 짐짓 움츠리는 시늉이다. 그러나 그녀는 금세 또 묘한 미소를 떠올리며 슬그머니 말을 꺼낸다.

"여자들한테는 그런 심리가 좀 있어! 자꾸 확인하고 싶은 심리 말이야!"

"도대체 뭔 소리야?"

"이를테면, 상대가 자기한테 대한 관심이 여전한지? 위하는 마음이 여전한지? 뭐 그런 거야."

철민이 괜스레 얼굴이 화끈거린다.

그때였다. 황유나가 벌떡 일어나더니 그의 팔을 잡아끈다.

"자! 우리 이제 2차 가자!"

황유나의 몸이 밀착해 왔는데 철민은 그게 영 부담스럽다. 괜히 다른 손님들의 시선도 신경이 쓰이고!

"됐어! 이미 먹을 만큼 먹었고, 마실 만큼 마셨는데, 뭐 하러 2차를 가?"

그러나 황유나는 어림도 없다는 기색이다.

"안 돼! 난 아직 발동도 안 걸렸거든?"

철민은 실소를 뱉고 만다.

그녀가 목소리에 힘을 주며 말을 이었다.

"그리고 내가 2차 내겠다고 했잖아?"

황유나의 태도가 사뭇 강경해 철민이 괜스레 궁색해지고 말 때였다. 그녀가 슬며시 목소리를 낮춘다.

"사실은 말이야!"

그런 그녀에 대해 철민은 지레 손사래를 쳤다.

"뭔데 또? 뭐가 또 사실은, 이야?"

그러나…

"미안!"

황유나가 금방 또 풀 죽은 듯한 표정으로 하는 그 한마디에 철민은 곧바로 무장해제가 되고 만다.

"아니… 뭐, 미안할 건 아니고……! 그래, 사실은 뭔데?"

"너한테 부탁할 일이 한 가지 있어!"

'역시 그런 거였어?'

철민은 순간 그런 느낌이었다. 그녀가 괜스레 풀살롱인가 뭔가 하는 횐소리를 먼저 꺼냈던 이유가, 사실은 지금의 이 '부탁'을 하기 위해서였던가?

"아마도 내키지 않는 부탁일 거야! 그렇지만… 들어줄 거지?"

이어진 황유나의 말은 이미 무장해제 상태의 철민에게 결정타를 날리는 것이나 마찬가지였다.

철민은 힘없이 고개를 주억거리면서도 내심 탄식한다.

'아아! 여우다! 여우!'

그러나 황유나를 탓할 것은 아니었다. 탓을 하자면 그 스스로에게 해야만 했다. 그녀가 어떤 여우 짓을 해도 거부하지 못하고, 심지어는 싫어할 수도 없는 그 자신의 마음을 탓할 수밖에!

그는 다시금 탄식하고야 만다.

'아아! 호구다! 호구!'

잠시만 내 남자 친구 노릇 좀 해주라!

"잠시만… 내 남자 친구 노릇 좀 해주라!"

황유나의 부탁이란 건 사뭇 엉뚱했다.

철민은 멀뚱한 표정이 되었다.

그녀가 조용히 덧붙인다.

"사실은 이따가 누굴 좀 만나기로 했어!"

"누굴……?"

황유나의 표정에 잠깐 머뭇거리는 기색이 스친다. 그러나 그녀는 이내 간결한 투로 대답한다.

"한때 만나던 남자!"

순간 철민은 가슴속에서 뭔가 확 치미는 느낌에, 저도 모르게 말을 쏟아내고 만다.

"그러니까… 헤어진 남자가 다시 만나자고 귀찮게 구는 거야?"

황유나의 두 눈이 커진다.

철민이 고개를 푹 숙이고 만다. 너무 앞서서 대뜸 억측부터 해댄 게 아닌가?

황유나가 차분한 투로 말을 꺼내고 있다.

"아니, 그런 건 아니고… 집에서 그 사람을 다시 만나 보라고 하네?"

'도대체 무슨 얘긴지……?'

그러나 그런 의문보다 철민은 우선 마음을 진정시킨다.

'일단 자초지종을 다 들어보자!'

그러나 황유나는 더는 말하지 않을 작정인지 입을 다문다. 그리고 가만히 그를 바라보고만 있다.

"꽤 깊은 사이였나 보네? 그리고 집에서 다시 만나 보라고 하는 걸 보면, 꽤 괜찮은 남자인 것 같고……?"

결국 궁금증을 이기지 못한 철민이 어색하게 말을 꺼냈다.

황유나는 애매한 미소를 떠올리더니 짐짓 농담처럼 받는다.

"괜찮기로 말하면, 거의 완벽한 남자지! 재벌 가문에다 스펙이 그야말로 빵빵하거든?"

황유나의 가벼운 투에, 철민은 가볍게 장단을 맞추며 다시 묻는다.

"그렇게 완벽한 남자랑 왜 헤어졌어? 꼭 잡았어야 하는 거 아냐?"

"글쎄……? 그렇게 물으니까, 나도 좀 궁금해지네? 정말 왜 헤어지게 되었을까?"

황유나의 대답은 조금 성의 없이 들렸다. 마치 남의 일이라는 듯이!

그에 철민은 머쓱하다가는, 다시금 슬쩍 뒤틀리는 기분이 되고 만다. 괜스레 말이다.

황유나가 독백하듯 다시 말을 이었다.

"그땐 그냥… 그냥 그렇게 된 것 같아! 그렇잖아? 꼭 어떤 이유가 있어서 누굴 좋아하게 되는 게 아닌 것처럼, 뚜렷한 이유 없이도 어떤 사람에게서 관심이 멀어질 수도 있는 거잖아?"

그에 철민은 대답할 말이 없었다. 아랑곳없이 그녀의 말이 이어진다.

"그리고 여전히 분명한 건, 난 그냥 내가 좋아하는 일 열심히 하면서, 또 자유롭게 즐기면서 살고 싶다는 거야! 남자 여자로서가 아니라, 그냥 좋은 사람들과 허물없는 친구로 지내면서!"

그 말에 철민은 또 조금 묘해졌다.

그녀가 계속 말을 이어간다.

"얽힌 속사정을 다 말하기는 좀 그래. 어쨌든 그동안 이런저런 핑계로 몇 차례 미루다가 오늘은 할 수 없어서 그 사람이랑 약속을 잡았는데… 그래서 네 도움이 좀 필요해!"

한순간 철민은 불쑥 따져 묻는 투가 되고 만다.

"그러니까 뭐야? 나보고 그 남자 만나는 데 같이 가서 애인인 척이라도 하라는 거야? 이 여자는 내 여자이니, 언감생심 넘볼 생각일랑 마시오! 그러면서?"

황유나가 피시시 웃으며 받는다.

"애인은 좀 그렇고, 그냥 남자 친구 정도면 돼!"

"애인하고 남자 친구하고 뭐가 다른데?"

"응? 음… 너 내 남자 친구 맞잖아? 그러니까 척할 필요도 없이, 그냥 있는 그대로 보여주면 된다는 거지!"

"쩝!"

철민은 저도 모르게 입맛을 다시고 말았다.

황유나가 슬쩍 애교를 섞어가며 덧붙인다.

"귀찮겠지만, 그렇게 좀 해주라, 응?"

그에 철민은 또 못 하겠다고 단호하게 잘라버릴 수 없었다. 잠깐의 틈을 두고 나서, 그는 마지못해 고개를 끄덕이고 만다.

"알았다!"

"진짜?"

황유나가 반색하며 짐짓 철민을 안아주기라도 할 듯한 시늉을 해 보인다.

그러나 철민은 그녀의 오버에 맞장구를 쳐줄 마음이 아니었다.

"그렇지만… 좀 그렇다!"

"뭐가?"

"그렇잖아? 싫으면 싫다고 확실하게 의사를 표시하면 되는 거지. 너같이 매사에 분명한 애가 군이 왜 이런 구차스러운 짓까지 꾸미려고 하냔 말이야?"

"기왕 도와주기로 한 거, 그냥 좀 해주면 안 돼?"

황유나의 말에서 약간의 투정 내지는 짜증의 느낌이 났다. 철민은 불쑥 반발이 치밀어 설핏 정색을 하고 만다.

"너도 그렇잖아! 이런 이상한 부탁을 할 거면, 나한테도 무슨 사정인지 최소한의 납득은 되도록 해줘야 하는 거 아냐? 넌 어떻게 매번 얼렁뚱땅 넘어가려고만 하니? 이런 게 네가 말하는 허물없는 친구로 지낸다는 거니?"

황유나의 표정이 굳어진다. 잠시간 묵묵히 그를 바라보고 있더니, 그녀가 가만히 입을 연다.

"미안해!"

철민은 대번에 가슴이 답답해져 온다. 괜한 말을 했다는 후회가 곧장 밀려든다.

"그러고 보니 그렇다, 그지? 어렵고 곤란한 일이 생길 때마다 자꾸 너한테 부탁을 하게 되네?"

황유나의 목소리는 가라앉아 있었다.

철민은 문득 목이 탔다. 이런 말까지 바라고 한 소리는 아니었는데! 그는 반쯤 남은 술을 입에 털어 넣었다.

사랑은 열병과도 같은 거라며?

"우리 아빠… 어떤 분인지 알고 있니?"

황유나의 물음에 철민은 당황스러워졌다. 그녀의 어감이, 마치 그가 그녀의 아버지에 대해 당연히 알고 있을 거라고 여기고 있는 듯해서!

"너희 아버지… 훌륭한 분이시지!"

철민은 일단 그 정도의 대답을 내놓을 수밖에 없었다.

"그래……!"

황유나가 엷게 웃음을 지으며 고개를 끄덕였다.

그녀의 미소에 철민은 약간의 시니컬한 느낌을 받았다. 그녀의 그 수긍은, 방금 전 그가 말한 것에 대해 긍정하는 의미보다는, 자조의 느낌이 오히려 더 강하게 느껴졌다. 나아가 그는 약간의 자책까지 하게 되었다.

초등학교 시절 학교에서 가장 주목받던 여학생이었으며, 특히 그에게는 같은 반이었을 때도 감히 가까이 다가가기에 힘들 만큼 우상과도 같았다. 그런 만큼 적어도 그녀의 집과 가족에 관해 자세히는 몰라도 대강은, 예컨대 그녀의 아버지가 무얼 하시는 분이라는 것 정도는 소문으로라도 한 번쯤 들어봤을 법하건만, 그는 정말 그런 데 대해서는 아는 게 전혀 없었다. 아니, 그런 데 대해 궁금증이나 관심을 가져본 적조차 없는 것 같았다.

뿐만 아니다. 그녀와 다시 만나 그동안 함께 공유했던 시간만도 결코 짧다고 할 수 없을 것인데, 그리고 사람이 사람을 알아간다고 할 때 서로의 소중한 가족에 대해 얘기를 주고받는 것이야말로 가장 기본적인 교류와 교감일 텐데 그와 그녀는 그런 데 대해서는 한 번도 얘기를 나누어 본 적이 없었다.

그동안 그들은 과연 무슨 얘기들을 나누었던 것일까? 둘이 함께 나누었던 얘기를 한데 모으면 제법 방대하다고 할 수 있을 것인데, 서로 공감하는 바도 없이, 의미도 없이 각자의 말과 생각들을 그저 쏟아내고 소비하기만 해왔던 것일까? 과연 서로에 대해 알고자 하는 진심이 조금이라도 있긴 했던 것일까?

"학자이자 교육자로서의 완고한 면이 있긴 했어도, 무남독녀인 딸과는 무난히 대화가 통할 정도로 합리적인 분이셨지! 난 그런 아빠가 늘 자랑스러웠고, 또 그런 자랑스러움이 언제까지나 변하지 않을 거라 믿었어!"

황유나의 말이 독백처럼 나지막하게 이어지고 있다.

"몇 년 전 대선에서 여권의 대권 후보 캠프가 정책 자문단의 일원으로 아빠를 초빙했었어. 난 아빠가 당연히 거절하실 줄 알았지. 그런데 뜻밖에도, 아빠가 선뜻 수락을 하시더라고. 그러나 그때만 해도 난 아빠를 이해하려고 했어. 학계에서, 그리고 사회적으로 제법 대단하달 수 있을 만큼의 실적과 명성을 쌓은 입장에서, 정치권의 자문 요청 정도는 받아들일 수도 있는 일이라고. 그렇지만 결코 적극적으로 현실 정치에 참여하고자 하는 것은 아닐 것이라고 말이야! 그런데… 대선에서 여권 후보가 대권을 잡고 난 다음, 난 아빠에게서 사뭇 낯선 면모를 발견해야만 했어. 내가 자랑스러워했던 학자이자 교육자로서의 면모가 아니라, 내가 아주 쉽게 매도의 대상으로 삼곤 했던 정치적 야심가로서의 면모였지. 어쩌면 아빠는… 이미 오래전부터 그런 야망을 키워왔었는지도 몰라. 그동안 한결같이 쌓아온 학자와 교육자로서의 명망도, 언젠가 그 야망에 도전하기 위한 스펙에 불과했던 것일 수도 있고 말이야!"

철민은 괜히 주눅이라도 드는 것처럼 움츠러드는 느낌이었다.

'학계와 사회적으로 제법 대단하달 수 있을 만큼의 실적과 명성을 쌓은 교육자이자 학자!'

'지난 대선 캠프에서 정책 자문단으로 활동한 정치적 야심가!'

황유나가 간단히 언급한 그 몇 마디의 말에서 그녀의 아버지가 주는 포스는 결코 간단한 것이 아니었다.

"두 달쯤 전에 아빠가 갑자기 그러시더라고! 결혼을 고려해 보자고! 본래 말씀이 무거운 분이시니, 괜히 꺼내 본 말씀일 리는 없고… 심지어는 그런 생각까지 들더라고! 그동안 아빠가 내게 보냈던 이해와 지지, 즉 기자로서의 내 직업에 대한 내 의지와 열정에 대해 누구보다도 깊이 이해하고, 또한 굳건히 지지해 주는 것으로 믿어왔었는데, 그것 역시 야심가로서 아빠 자신의 필요와 계산에 의한 것은 아니었을까 하는! 왜 그런 거 있잖아? 유치한 삼류 드라마의 시나리오에서나 나올 법한, 정치적 야심이 있는 아버지가 딸을 이용한 혼맥(婚脈)으로 강력한 후원자 그룹을 확보하려고 한다. 뭐 그딴 거 말이야!"

"혼맥?"

철민이 침묵을 깨며 간단히 반문했다. 성의를 가지고 듣고 있다는 표시를 내는 차원에서라도 그래야만 할 것 같았다.

"응! 혼인을 통한 인맥 말이야!"

"요즘 시대에도 그런 게 있나?"

"있다뿐이겠어? 지금 대한민국의 정재계를 이끌고 있는 인물들의 인척 관계를 조금만 파고들어 가 보면, 다 끼리끼리 얽히고설켜 있는걸?"

철민이 못 이긴 채 고개를 주억거린다. 기자인 그녀가 그렇다는데 별수 없었다.

"그 사람하고는 어릴 적부터 잘 아는 사이였어. 양가 어른들이 돈독하다 할 만큼 친분이 있어서 자주 모임도 가지곤 했었고, 그런 까닭에 나와 그 남자도 자연스레 알고 지내게 된 거지!"

황유나는 문득 희미한 웃음기를 떠올린다.

"그땐 그랬던 것 같아. 또래들에게선 느끼지 못했던 어떤 교감, 혹은 공감을 그와는 가진 느낌? 그는 나보다 세 살이 위였거든! 후훗! 그런 거 있잖아? 어린 시절 한때의 유치함으로 내가 다른 애들보다 특별하고 뛰어나다는 우월감 같은 게 있던 중에, 나보다도 훨씬 더 특별하고 뛰어난 사람을 만났을 때 가지게 되는 동경 같은 거 말이야."

"그 시절 넌 우리 학교 모든 남학생들에게 우상과도 같은 존재였는데, 그런 너한테 동경의 대상이 되었을 정도면, 그 남자는 도대체 얼마나 대단했다는 거야?"

"훗! 물론 어린 마음이었겠지만, 한때 난 그가 혹시 백마 탄 왕자님이 아닐까 상상했던 적도 있었는걸?"

'제기랄!'

차마 뱉어내지는 못하고 철민의 입속에서만 맴돈 소리였다. 뭔가 확 뒤틀리는 느낌이다. 왕자님이란 소리 때문일까? 기껏 용사일 뿐인 처지로서의 열등감과 질시 같은 것?

"어린 그와 나를 두고서 주위 어른들이 참 잘 어울린다는 얘기를 자주 하곤 했었어. 그런 소리들 때문이었는지 어린 마음에도, 언젠가 결혼이란 걸 하게 된다면 아마도 그 사람하고 하게 되지 않을까, 하는 막연한 생각도 해보곤 했었지!"

"조숙했네!"

철민이 저도 모르게 빈정거리듯이 툭 받았다. 그러고는 다시,

"그래서?"

하고 괜스레 다그치듯이 물었다.

"뭘 그래서야?"

황유나가 가볍게 눈을 흘긴다.

"그래서 그다음에 어떻게 됐느냐고, 그 사람하고."

황유나는 가만히 숨 한 모금을 토해내고 나서 다시 말을 잇

는다.

"내가 중학교에 들어가고 나서부터 둘 사이는 소원해졌어."

"왜?"

"당시에 소위 상류층이라는 부류의 자식들이 흔히 그랬듯이, 두 사람 모두 각자에게 부여된 일종의 의무들을 소화해내기에 벅찬 시간들이 계속됐거든! 음… 그를 다시 만난 건 대학 3학년 때였어. 미국에서 대학을 다니던 그가 공익 요원 복무를 위해 귀국을 했었지."

"그래서 둘이 정식으로 사귀게 된 거야?"

그 물음은 철민 스스로가 생각하기에도 사뭇 노골적으로 캐묻는 듯한 느낌이었다. 마치 취조라도 하듯이! 그럴 자격이나 이유는 조금도 없으면서!

"응!"

황유나는 순순히 응해주었다.

"둘이 사랑했고?"

철민이 다시 노골적인(?) 질문을 던졌다.

이번에야말로 미처 예상치 못했던 질문이었던 듯이, 그녀는 잠시간 침묵을 지켰다.

"사랑했냐고……?"

그녀가 가만히 반문했다. 그러곤 회상이라도 하는 듯이 다시 잠깐의 침묵에 잠겨들었다.

"사랑은… 열병과도 같은 거라며? 도무지 예측할 수 없도록 변화무쌍하고… 위험한 롤러코스터를 타는 것처럼… 달콤했다가… 눈물 나도록 안타까웠다가… 뜨거웠다가… 차가웠다가… 평화로웠다가… 전쟁처럼 치열했다가……."

그녀는 천천히 독백이라도 하는 듯했다. 그러더니 말끝에 불쑥 묻는다.

"그런 거라며?"

그에 대해 철민이 뭐라고 대답할 말이 있을 리 만무하다. 괜스레 당황스럽고 어색하다.

황유나가 문득 피식 웃더니 다시 말을 잇는다.

"그와 나는 그렇지가 않았어. 한 번도! 늘 안정적이고 평화로웠지. 안전했고, 담담했고, 언제나 예측 가능한 일들만 있었어. 그도, 나도 은연중에 당연시하고 있었던 것 같아. 두 사람 각자를 좀 더 완전하게 포장하는데 필요한 몇 개의 스펙들만 더 갖추고 나면, 그다음엔 자연스럽게 결혼으로 이어질 거라고 말이야. 솔직히는 나도 그런 게 사랑인 줄 알았어. 사랑이 꼭 간절해야 하는 건 아니라고 생각했어. 미지근하고 밋밋한 사랑도 있을 수 있다고……! 남들도 다들 그런 식으로 사랑하고, 또 결혼하는 줄로 여겼지."

황유나가 다시금 말을 멈추었다.

철민은 계속하라고 다그치지는 못하고 묵묵히 기다렸다.

"내가 대학을 졸업할 무렵, 그는 공익 요원 복무를 끝내고 다시 미국으로 갔어. 그리고 나는 내 일을 시작했고, 나름 치열하게 살았지. 그가 자신의 목표들을 하나하나 이루어 나가고 있다는 소식은 계속 듣고 있었어. 스탠포드 대학 졸업이니, 하버드 MBA 취득이니 하는 따위들 말이야."

철민은 문득 움츠러드는 느낌이 되고 말았다. '스탠포드 대학'과 '하버드 MBA'가 주는 포스는, 좀 전 그녀의 아버지의 약력이 주던 포스보다 훨씬 더 강하게 다가왔다.

"그런데 그게 좀 이상하더라?"

철민은 조금 멍한 듯한 느낌으로 그녀의 다음 말을 기다렸다.

"바쁘다는 이유로 서로 연락을 하지 않게 되었는데도, 그런 채로 시간이 마냥 흘러가는데도 그다지 궁금하다거나 그립다거나 하지가 않더라고! 나도, 그리고 아마도 그도! 어느새 삼사 년이란 시간이 훌쩍 지나가 버리는데도. 그런 내 감정 상태에 대해서는 잠깐씩 의문을 가지기도 했었어. 그렇지만 역시 적당히 넘겨버렸어. 서로 간의 관계 진전을 잠시 유보해 둔 상태쯤으로! 그리고 언제라도 다시 시작할 수 있으리라고!"

"그래서 그 사람은 언제 돌아왔는데?"

"작년에……!"

"작년에 귀국했는데, 여태 안 만나고 있었다는 거야?"

"응! 한쪽은 어설픈 기자 노릇 한다고 깨지고 박살 나며 정신이 없었고, 다른 한쪽은 자기네 그룹 계열사에서 경영 수업받는다고 또 정신없이 바빴고!"

황유나는 마치 자신과는 전혀 상관없는 다른 사람들의 소식을 전한다는 듯이 덤덤히 말했다. 그러고는 예의 그 피시시! 하는 웃음을 지으며 덧붙인다.

"전화는 몇 번인가 왔었어! 그런데 그때마다 하필이면 내가 코피 터지도록 뺑이를 돌고 있을 때라, 도저히 여유를 낼 형편이 못 되었어. 그랬더니 그 뒤로는 연락이 없더라고. 훗! 나는 또 나대로 일에 치여서 아예 잊어버리고 있었고! 그런데 말이야⋯⋯!"

황유나가 문득 말을 끊고는 잠시 철민과 눈을 맞추어온다.

순간 철민은 설핏 당황스러워지고 만다. 저도 모르게 그녀의 얘기에 빠져들어 있던 게 괜히 민망하기도 하다.

그녀가 희미하게 미소 짓고 나서 다시 말을 이어간다.

"아빠가 내 결혼 문제를 언급했을 때, 갑자기 강한 회의가 생기더라고? 사실 그와 나의 결혼 문제는, 아빠를 비롯해 양쪽 집안의 어른들과 주변 사람들 모두에게, 그동안 유보해 두었던 절차를 다시 재개하는 사뭇 당연한 수순일 수도 있어. 그런데 갑자기 나 혼자만 그러한 공감에서 제외가 되어버린 느낌이랄까? 더불어 그동안 내가 당연시해 왔던 몇 가지 사실들, 혹은 가치들이 확 흔들려 버리는 거야! 이건 뭔가 크게 잘못되었다! 이렇게 계속 가서는 안 되겠다! 뭐, 그런 것?"

철민은 문득 가슴이 답답해진다.

"잘 알지도 못하면서 이런 소리 하는 건 주제넘겠지만… 어쨌든 양가 집안까지 다 아는 상태에서 몇 년씩이나 교제를 해 왔다며? 더욱이 두 사람 사이에 무슨 파탄이 생길 만한 까닭이 있었던 것도 아니잖아? 그런데 무슨 장난도 아니고, 갑자기 그렇게 되는 건 좀 아니지 않냐?"

철민 불쑥 뱉고 보니, 정말로 주제넘은 소리였다.

그러나 황유나는 별로 불쾌한 기색도 없이 담담하게 받는다.

"나도 잘 모르겠어! 하지만 그렇게 되어버리는 걸 어떡하겠니? 생각하면 할수록, 이대로는 안 되겠다는 결론만 점점 더 분명해지는걸!"

철민은 다시금 '주제를 넘고 싶은' 욕구에 사로잡힌다. 그녀를 위해 뭔가 충고를 해주어야만 하겠다는 의무감 같은 마음이랄까?

"잘 이해는 되지 않지만, 네 마음이 정말로 그렇게 분명하다면……"

철민이 조심스럽게 말을 꺼냈다.

"내 마음이 정말로 분명하다면?"

황유나가 문득 눈빛을 반짝이며 반문했다.

철민이 짧게 숨을 들이쉬고 나서야 말을 잇는다.

"너의 그런 마음을 확실하게 밝히는 게 먼저가 아닐까? 너희 아버지께, 그리고 그 사람에게도!"

황유나가 가만히 미간을 찌푸린다. 그러나 그녀의 그런 찌푸림이 철민의 충고에 대한 불쾌감의 표시는 아니었던 모양으로, 그녀는 이내 차분한 기색으로 되며 말을 받는다.

"네 말대로 그렇게 하는 게 정답일 거라고 나도 생각은 해! 그래, 지금이라도 내 뜻을 분명히 한다면, 구차스럽게 네게 남자 친구 노릇을 부탁할 필요도 없겠지. 그렇지만 내가 과연 뭐라고 말할 수 있을까? 그 사람에게는 그렇다고 쳐도, 아빠에게는! 과연 무슨 말을 어떻게 할 수 있을까?"

"……?"

"네 말대로, 어쨌든 양가 집안까지 다 아는 상태에서 몇 년씩이나 교제를 해왔는데, 더욱이 두 사람 사이에 무슨 파탄이 생길 만한 까닭이 있었던 것도 아닌데, 그냥 갑자기 '이건 뭔가 크게 잘못되었다! 이렇게 계속 가서는 안 되겠다!'는 결론에 도달했다고 할까? 그러면 아빠가 날 이해해 줄까?"

철민으로서도 대답해 줄 말은 없다.

우울한 기색으로 황유나가 말을 잇는다.

"더욱 두려운 건, 내 문제로 인해 아빠에게까지 어떤 형태로든 여파가 미치는 경우야. 아빠는 내가 마지막까지 기대고, 또 서로 부둥켜안고 가야 하는 유일한 가족이야. 물론 무조건적으로 날 희생시킬 만큼, 내가 순종적인 효녀라는 건 아니야. 다만 나도, 아빠도 아직 아무런 준비가 안 되어 있어. 그래서 최소한의 시간이라도 좀 벌어 보려는 거야. 내 입장에 대해, 그리고 아빠의 입장에 대해 서로 조금이라도 더 이해하기 위한 시간! 아버지가 받을 상처를 조금이라도 줄이기 위한 시간! 그래서 네게 구차스러운 부탁을 하는 거야!"

그녀의 우울한 얼굴에 애잔함이 더해진다. 그러나 철민은 여전히 공감하기가 어렵다.

"너는 그럴 수밖에 없다고 쳐! 그렇지만… 그 사람은? 그 사람은 어떻게 하라는 거야? 전혀 생각도 하지 못하고 있을 텐데? 네가 불쑥 남자 친구와 함께 나타나면? 그거 멀쩡한 사람 뒤통수 때리는 짓이잖아?"

황유나는 묵묵히 철민을 바라본다. 그러고는 문득 짧은 한숨을 내쉬면서 침울하게 묻는다.

"나, 너무 못되고 이기적이지?"

철민은 당황스러워지고 만다.

"아니, 내 말은……."

그는 말끝을 맺지 못했다.

그리고 그와 그녀는 어색한 침묵 속으로 빠져든다.

"근데… 오늘 만나기로 한 것 맞아?"

철민이 불쑥 물었다.

시간은 이미 밤 10시를 훌쩍 넘었다.

"11시야! 일부러 늦게 잡았어! 너하고 입 맞출 시간도 좀 필요할 것 같고 해서!"

그 말에 철민은 내심 억눌린 한숨을 내쉬고 만다.

물론 무슨 뜻인지 모르기야 할까만…….

그래도 그렇지!

입을 맞추다니……?

제17장
남자 대 남자로서

나와는 차원이 다르다

　황유나가 그를 만나기로 했다는 레스토랑에 도착하자, 막상 철민이 예상하고 있던 레스토랑과는 사뭇 다른 분위기였다.

　입구부터가 마치 호텔 로비나 되는 것처럼 넓다. 벽에는 여러 개의 대형 그림이 걸렸는데, 각 그림들마다 별도의 조명이 비추고 있어서 마치 화랑이나 작품 전시회장에 들어선 것 같은 느낌이 들기도 한다.

　"예약하셨습니까?"

깔끔한 유니폼의 여직원이 다가와 공손하게 물었다.

그 질문에 철민은 이곳이 사전에 예약하지 않으면 출입할 수 없는 곳이란 걸 짐작해 본다.

"서범준 씨……?"

황유나가 조금은 불확실하다는 투로 말했다.

그러자 직원은 따로 체크해 보는 시늉도 않고서, 곧바로 확인을 해준다.

"아… 서 이사님 손님이시군요? 귀빈실에서 기다리고 계십니다. 제가 안내해 드리겠습니다!"

[President Room]

그런 명패가 달린 룸 앞에서 멈춰 선 여직원은 공손하게 문을 열어 주고는 되돌아갔다.

황유나가 앞장서 룸 안으로 들어선다.

룸의 안쪽은 제법 넓다. 부드러운 조명 아래로 우아하고 귀족적인 느낌의 내부 인테리어가 우선 눈에 들어온다.

고전적인 풍의 테이블에 마치 그림 속의 한 부분인 듯이 앉아 있던 남자 하나가 느긋하게 보일 만큼 천천히 앉은 자리에서 일어서고 있다.

'조각 같다!'

캐주얼 정장 차림의 그 남자에 대한 철민의 첫 느낌은 그랬다. 잘생겼다는 찬사와 더불어,

'아무리 세계화의 시대라고 하지만 한국 사람의 이목구비가 저렇게 생겨도 되나? 설마 성형을 한 건 아니겠지?'

하는 약간의 이질감(?)이 함께 들었다고 할까? 여하튼, 그야말로 깎아 놓은 조각상 같은 얼굴이다. 뿐이랴? 못해도 180대 중반은 되어 보이는 훤칠한 키에 우람하지는 않지만 탄탄하고 잘 빠진(?) 몸매라니!

철민은 저도 모르게 위축이 되고 말았다.

"오랜만이네요! 유나 씨!"

황유나를 맞는 남자의 그 말은, 철민이 예상하고 있던 상황과는 사뭇 달랐다. 어릴 때부터 알고 지냈으며, 남자가 세 살이 위인 데다, 결혼까지 생각했던 관계라면? 흔히들 그렇듯이 '오빠!' '동생!' 하는 사이였을 테니, 친근한 투의 반말일 것이라 예상해 보았던 것이다.

다만 남자는 몸에 밴 듯이 자연스럽고도 세련된 행동과 또 시종 달고 있는 여유로운 미소에서 사뭇 친근하고 너그럽기까지 한 느낌을 주고 있었다.

"함께 오신 분은……?"

남자가 물었다.

"남자 친구예요!"

황유나는 단호한 느낌마저 드는 투로 대답했다.

남자는 설핏 당황스러운 모습이다.

"철민 씨! 인사해! 이쪽은 서범준 씨!"

황유나가 바로 이어서 철민을 소개했다.

순간 철민은 당황하고 만다. 그녀의 의도를 짐작 못 할 것은 아니나, 막상 '철민 씨!'라는 호칭을 듣자, 괜히 뒷머리가 쭈뼛 서는 기분이 되는 것이었다. 그리고 또 한 가지, 당연히 상당한 충격과 놀람에 휩싸이리라 예상했던 남자, 서범준이 기껏 잠깐의 당황이 스쳐 지나가는 정도의 기색을 비쳤을 뿐, 이내 예의 그 여유로운 미소를 되찾고 있다는 것.

"반갑습니다, 서범준입니다."

서범준이 악수를 청했다.

"아… 예! 김철민입니다."

철민이 얼떨결에 악수를 했다. 이 순간 오히려 당황하고 있는 건 그인 것 같다.

악수에 이어 서범준은 재킷 안주머니에서 명함 한 장을 꺼내 건넨다.

진성그룹. 진성 S&U Co.Ltd 경영혁신팀장 전무이사 서범준이라는 글자들이 한눈에 들어왔다.

'아! 진성그룹이었구나!'

명함에 대한 철민의 첫 감상은 솔직히 놀람이었다. 재벌 가문이라고 하더니, 설마 대한민국 재벌 서열 세 손가락 안에 드는 진짜 재벌일 줄이야! 게다가 황유나로부터 그가 경영 수업을 받고 있다는 것과 또 레스토랑에 들어올 때 안내 직원이 '서 이사님'이라고 호칭하는 소리 따위들을 이미 듣긴 했지만, 그래도 막상 활자로 화해 두 눈에 확 박혀 드는 '전무이사'라는 직함은 확연한 무게감을 더해주는 데가 있다.

철민은 다시 한 번 움찔 위축되고 마는 느낌이다. 그 바람에 그는, 자신의 지갑 안에도 들어 있는 명함을 꺼낼 생각 같은 건 감히 해보지도 못했다.

낙원상가 대표 김철민

그 명함을 꺼내기보다는 차라리,

"나 백수요!"

하는 편이 낫겠다는 생각이었다.

"팍팍한 세상살이 따위에 구애받기 싫어서, 그냥 자유로운 영혼으로 살고 있소!"

라고 뻔한 허세라도 부리면서 말이다.

"전 아직… 명함을 만들지 못해서……."

철민이 대충 얼버무렸다.

그런데 그쯤 말했으면 대충 알아들을 만도 하건만, 서범준은 그것만으로는 설명이 부족하다는 듯이 빤히 쳐다보고 있다.

'제기랄!'

뭐라고 설명을 덧붙여야만 할 것 같은데, 차마 정말로 '나 백수요!'라거나, '자유로운 영혼으로 살고 있소!' 따위의 허세를 부려 볼 수는 없는 노릇이 아닌가? 철민이 설핏 압박감까지 느끼고 말 때,

"철민 씨는 사회 문제를 연구하는 비영리 연구소의 연구원으로 일하고 있어요!"

황유나였다.

철민은 내심 쓴웃음을 짓고 만다. 전에 그가 한번, 그것도 별 성의도 없이 얘기했던 것을 그녀가 거의 정확하게 재생해 냈다는 점과 특히 '연구'라는 말을 강조하다시피 몇 번이나 반복했다는 점에 대해서!

언제는 직원 수가 고작 다섯밖에 안 된다고 했더니, "거기 잘 알아보고 들어간 거야? 확실한 데 맞아?", "요즘 세상이 얼마나 험악한데? 안 되겠네? 거기가 어딘지 자세히 말해 봐! 내가 한번 알아봐 줄게!"라고 색안경부터 꼈던 그녀가 아니었던

가 말이다.

"아… 예! 그리시군요!"

서범준이 덤덤히 고개를 끄덕인다. 그리고 철민과 황유나에게 자리를 권한다.

"자! 앉으시죠!"

"철민 씨! 이쪽으로 앉아!"

황유나가 먼저 철민을 서범준의 맞은편으로 앉도록 하고, 자신은 철민의 옆자리로 앉는다.

서범준의 미간에 설핏 잔주름이 잡히는 듯했다. 그러나 그는 이내 담담하게 미소를 지으며 말했다.

"이 가게 쉐프가 프랑스 요리 전문인데, 오늘은 시간이 너무 늦은 탓에 준비가 어렵다고 하네요!"

황유나가 짐짓 가벼운 웃음으로 받는다.

"호호호! 거창하게 프랑스 요리씩이나 먹기에는 너무 늦은 시간이긴 하죠! 그리고 사실, 철민 씨하고 저는 간단하게 1차를 하고 오는 길이라서… 범준 씨만 괜찮다면 가볍게 술이나 한잔하는 것도 괜찮겠네요!"

서범준이 또한 흔쾌한 웃음으로 받는다.

"하하하! 안 그래도 그럴 것 같아서, 미리 준비시켜 놓았지요!"

철민이 보기에 서범준과 황유나는 꽤나 죽이 잘 맞아 보인다. 별 거리낌 없이 주고받는 웃음에서부터! 하긴 그들 두 사람이 함께했던 시간이 있는 만큼, 그런 것은 오히려 자연스럽다고 해야 할까?

술과 함께 이런저런 얘기들이 오가는 중이다.

'지금 이렇게 평범한 얘기들이 오가도 되나?'

하고 철민이 혼자서 의아해할 정도로 분위기는 화기애애했다.

다만 대화는 금방 서범준과 황유나 두 사람 위주로 돌아가, 철민은 은근히 소외감을 느끼고 있었다. 그렇다고 해서 그들이, 두 사람만의 추억들을 얘기하고 있다든가 하는 것은 아니다. 굳이 말하자면, 철민 스스로가 그들 두 사람의 대화에 쉽게 끼어들지 못하고 있는 것이다

주로 서범준에 의해 주도가 되고 있는 대화의 주제는, 요즘 사회적으로 이슈가 되고 있는 정치와 경제, 그리고 기타 사회 문제들 전반에 이르기까지 사뭇 다양했다. 물론 철민도 신문이나 방송을 통해 익히 알고 있는 이슈들이다. 다만 그럼에도 그가 쉽게 끼어들기 어려운 것은, 그들 두 사람의 대화가 신문이나 방송에서 언급되었던 내용을 넘어서, 보다 깊은 내용으로, 혹은 알려진 내용 이면의 보다 본질적인 부분들에 대한 토론으로 이어지곤 하기 때문이다.

뭐랄까, 식견과 소양의 부족이랄까? 하긴 철민이 언제 식견이니 소양이니 하는 것을 키우기 위해 제대로 시간과 노력을 투자해 본 적이 있었던가? 기껏 취직 시험을 위한 상식이니, 한국사니, 인적성 시험이니 하는 것따위들만 죽자고 파고들었을 뿐이지!

황유나는 처음에 서범준이 주도하는 대화에 대해 사뭇 의도적인 느낌이 비칠 정도로 소극적인 태도를 보였다. 그런 한편 철민을 대화에 끌어들이려는 배려(?)를 하기도 했다. 그러나 어느 순간부터 아마도 그녀 자신도 느끼지 못하는 사이 서범준과의 대화에 몰입해 드는 모습이었다. 서범준이 이끌어 내는 화제들마다 사회부 기자로서 그녀가 끌려들지 않을 수 없을 만큼 민감한 이슈들이기도 했다. 더욱이 서범준의 입담은, 은근히 그녀의 기자 정신 혹은 기자적 양심을 자극하기도 하면서, 능히 그녀를 대화에 몰입하도록 만들 만큼 훌륭해 보였다.

철민은 이윽고 수긍하지 않을 수 없었다. 황유나가 왜 서범준에 대해 '완벽한 남자!'라고 했으며, 비록 어렸을 때라고 전제하기는 했지만 어쨌든 '백마 탄 왕자님!'으로 상상했던 적도 있었다고까지 했는지에 대해!

과연 서범준은 그가 감히 견주어 볼 수 있는 상대가 아니었다. 모든 면에서!

심지어는 그가 꽁꽁 숨겨 두고 있는 비장의 한 수, 돈에 있어서도 서범준을 능가한다고 할 수는 없을 것이다. 서범준이 진성그룹의 후계자인 이상에는 말이다.

'나와는 차원이 다르다!'

일단 그렇게 인정한 철민은 차라리 담담해지려고 애썼다. 지레 열등감이나 패배감에 빠지지는 않으려고!

'당신이 완벽하다고 해서, 또 내가 평범하다고 해서 그대로 당신이 인생의 승자가 되고, 내가 당연히 패자가 되는 것은 결코 아닐 것이다. 완벽한 당신도, 평범한 나도, 다만 이 광활한 우주를 구성하고 있는 수없이 많은 작은 점들 중 하나일 뿐이다!'

하는 약간쯤 철학적이거나 종교적인 위안을 해보다가, 그걸로는 부족해서 다시,

'세상에는 당신보다 더 완벽한 사람도 분명히 있을 것이고, 나보다 더 평범한 사람도 분명 있을 것이다. 그럼으로써 당신은 당신, 나는 나일 뿐이다!'

하고 다분히 오기를 부려보다가 다시,

'황유나? 그녀 또한 그녀일 뿐이다. 물론 지금 이 순간 그녀에게 더 어울려 보이는 남자가 내가 아닌 당신이라는 사실은 인정한다. 그러나 다만 객관적으로 그렇게 보인다는 것에 대

한 인정일 뿐이다. 막상 그녀가 어떤 평가를 하고 있는지, 또 앞으로 하게 될는지는 아직 모르는 것이다. 그리고 어쨌든 적어도 지금 이 순간만큼 그녀는, 당신이 아닌 나를 남자 친구로 정의하고 있지 않는가?'

하는 빤한 허세까지 부려보았다.

재미있군!

"어머! 시간이 벌써 이렇게나 되었네? 철민 씨! 우린 이만 일어나자!"

황유나의 그 말은 조금 갑작스러웠다. 서범준과의 대화가 끊이지 않고 있던 중이었으니 말이다.

철민의 마음이 잠깐 복잡해진다. 그녀의 그런 말은, 그가 소외된 채로 있는 게 마음에 걸려서일까, 아니면 이제쯤에는 그녀가 아버지에게 보이고자 하는 간접적이고도 아주 완곡한 입장 표시의 첫 단계는 밟은 것으로 되었다고 여겨서일까?

"철민 씨! 그만 일어나!"

황유나가 짐짓 재촉하며 먼저 자리에서 일어난다.

철민이 엉거주춤 몸을 일으키는데, 서범준이 얼른 따라 일어선다.

"두 분 술도 드셨는데, 제가 모셔다드리겠습니다. 운전기사가 대기하고 있거든요!"

그러나 황유나가 간단히 거절한다.

"친절은 고맙지만, 철민 씨와 저도 꽤 오랜만에 만나는 거라서, 둘만의 데이트가 좀 더 남았거든요!"

철민은 저도 모르게 움찔하고 만다. 물론 그녀의 의도를 짐작하지 못할 건 아니다. 말하자면 오늘 이 자리의 대미를 장식하는 '피니시 블로(finish blow)'랄까? 마지막 결정타 말이다. 그녀에게 새로운 남자 친구가 생겼다는 사실을 최종적으로 한 번 더 선언해 두려는 것이리라.

얼굴이 화끈 달아오르는 느낌이지만, 철민이 싫은 기분은 아니다. 오히려 묘한 통쾌함 같은 게 있다. 내내 궁지로 몰리다가 막판에 무작정 휘두른 주먹이 카운터펀치가 되어 상대의 턱에 정통으로 꽂히는 기분이랄까?

황유나의 피니시 블로에도 서범준은 크게 충격을 받은 것 같지는 않다.

"솔직히 몹시 당황스럽고 혼란스럽군요. 그러나 구차하게 왜냐고, 우리 둘 사이에 도대체 무슨 문제가 있었던 것이냐고 묻지는 않을게요."

서범준이 차분한 시선으로 황유나를 보며 말했다.

황유나는 당장 뭐라고 대꾸를 하기는 어렵다는 기색으로

묵묵히 있었다.

그 틈에 서범준의 시선이 문득 철민에게로 향한다.

"김철민 씨! 한 가지 제안을 해도 되겠습니까? 남자 대 남자로서 말입니다!"

'이건 또 무슨 소리인가?'

철민이 괜스레 움찔하는 느낌으로 되고 만다. 그러나 그가 서범준에게 제안을 받을 일이 특별히 있을 게 없고, 설령 있다 한들 받아들여야 할 이유도 없을 것이니, 그냥,

"아니요! 안 되겠는데요!"

하고 잘라 버리면 그만이리라.

그런데 그때 철민은 언뜻 서범준과 눈을 마주쳤고, 순간 투지(?) 같은 게 불쑥 생겨나는 것이었다. 잠깐의 눈싸움이라도 걸어보고 싶은! '남자 대 남자로서!' 그 소리가 도드라지게도 걸려서일까?

그러나 철민은 이내 기분이 더러워지고 말았다. 서범준의 눈빛에서 담담한 웃음기가 스쳐 지나가는 느낌 때문이었다. 뭔가 그의 수작에 말려드는 것 같은 느낌이랄까? 그러나 이미 타이밍을 놓친 마당에, 뒤늦게 거절하는 말을 하기도 구차한 노릇이었다.

"우리 페어플레이합시다."

서범준이 불쑥 뱉었다.

'무슨 소리를 하려는 건지 한번 들어나 보자!'

하는 심정으로 되며 철민이 묻는다.

"무슨 페어플레이 말입니까?"

서범준이 담담한 미소를 입가로 번져 내며 받는다.

"저와 유나 씨가 어떤 사이인지, 아니 어떤 사이였는지는 김철민 씨도 알고 계시리라 믿고, 간단히 얘기하죠. 우선 이 자리에 올 때까지도 유나 씨에게 새로운 남자 친구가 생겼으리라고는, 저는 정말 상상도 해보지 못했습니다."

그 말에 철민도 전적으로 공감하지 않을 수는 없는 노릇이다. 짐짓 시선을 다른 곳으로 돌려놓고 있는 황유나 역시도 비슷한 심정인 듯했다. 아니, 그녀야말로 공감하는 정도가 아니라, 크게 미안한 마음을 가져야 마땅한 것이리라.

서범준이 철민에게 시선을 고정시킨 채로 말을 잇는다.

"지금의 이 상황이, 제가 결코 원하지 않았던, 그리고 이해되지도 않는 상황이지만, 어쨌든 이미 현실이 되어 있는 이상 일단 깨끗하게 인정을 하겠습니다. 어쨌거나 지금 현재는 김철민 씨가 유나 씨의 남자 친구라는 현실을 말입니다!"

그 말 뒤에 반드시 '그러나'가 따라붙을 거라고 철민은 직감해 본다.

"그러나… 현실을 인정한다고 해서 이대로 유나 씨를 포기

하겠다는 마음은 조금도 없습니다. 아니, 절대 이대로는 포기할 수가 없습니다. 지금의 너무도 일방적인 이 상황에 대해, 저한테도 납득하고 수긍할 만한 최소한의 여지는 주어져야 하는 것 아닐까요? 인간적인 배려에서라도 말입니다. 그래서 페어플레이를 제안하는 겁니다. 김철민 씨가 제게서 유나 씨의 남자 친구 자리를 쟁취해 갔듯이, 제게도 유나 씨의 남자 친구 자리를 두고 김철민 씨와 경쟁할 수 있는 기회를 한 번은 달라는 겁니다. 서로 남자답게 당당하고도 공정하게, 그야말로 페어플레이를 펼쳐서 우리 둘 중 최고의 남자가 유나 씨의 남자가 되자는 겁니다. 그게 결국은 유나 씨를 위해서도 가장 바람직한 일이 되지 않을까요?"

'지금 도대체 뭘 하자는 거야?'

그런 반발을 가지면서도 철민은 당장 반박할 논리가 정리되지 않는다. 그의 언변 정도로는 당장 어떤 반박을 하지 못할 만큼, 서범준의 화술이 역시 대단하달까? 하긴, 굳이 언변의 확연한 열세 때문이 아니더라도, 철민이 도대체 뭐라고 반박을 할 수 있겠는가? 본질적으로 그가 황유나의 남자 친구도 아닌 터에 말이다.

게다가 철민을 더욱 당혹스럽게 만드는 것은 황유나의 태도다. 일을 이 지경까지 오도록 만든 당사자로서, 이쯤에서는 무슨 말이건 해줘야만 할 터인데도, 도대체 무슨 생각에서인지 그녀는 지금 그저 지켜보고만 있었다. 마치 방관자이기라도 한 것처럼!

서범준에 대한 미안함 때문일까, 아니면 설마 지금의 이 상황 자체에 대해 흥미라도 느끼고 있는 것일까? 그녀 자신을 두고서 두 남자들의 얘기가 또 어떻게 진행되어 나갈지에 대해서 말이다.

딱히 표시를 내고 있지는 않지만 서범준은 살짝 고무가 된 듯한 기색이다. 그의 입장에서야 황유나가 적극적으로 철민을 비호하고 나설 것을 예상했을 법한데, 막상 그녀가 방관자적(?)인 태도를 보이고 있으니 그럴 만하다 싶기도 하다.

"지금부터 세 달! 딱 세 달만 서로 공정하게 경쟁해 봅시다! 만약 세 달이 지난 다음에도 유나 씨의 선택이 여전히 김철민 씨라면, 그때는 완전하게 인정을 하고 물러나겠습니다. 두 분이 원만한 결실을 맺으시도록 진심으로 응원할 것이고, 작게나마 할 수 있는 역할이 있다면 적극적으로 도와드릴 용의가 있음을 미리 말씀드립니다!"

서범준의 말이 그렇게까지 구체화되고, 더욱이 한층 당당한 느낌이라 철민은 문득 뭔가 울컥 치미는 심정이 되고 만다.

'좋다! 얼마든지 받아주지! 그래! 남자 대 남자로서 어디 한 번 붙어보자!'

그렇게 대답해 주고 싶다. 물론 그럴 수 없는 처지라는 건

이미 분명하다. 그렇더라도 철민이 불끈거리는 충동을 쉽게 가라앉힐 수가 없어 지그시 서범준을 응시한다. 저절로 눈에 힘이 들어간다.

서범준은 철민의 시선을 담담하게 받는다. 그런 그의 눈빛 속으로 희미한 웃음기가 녹아들고 있다.

'당신은 나의 상대가 못 돼!'

철민은 그렇게 느낀다. 그의 눈빛에 더욱 힘이 들어간다.

서범준은 설핏 의외라는 기색으로 된다. 그의 표정이 굳어지고 눈빛이 차가워진다.

"서범준 씨의 그 논리는 상당히 이상하게 들리는군요!"

황유나였다.

철민과 서범준의 시선이 일시에 황유나에게로 모인다.

그녀의 말이 이어진다.

"그러니까 지금 저를 두 사람이 경쟁하여 쟁취할 대상으로 만들겠다는 건가요? 제 의사나 감정과는 전혀 상관없이 말이죠? 서범준 씨에게는 제가 기껏 그런 정도로밖에 안 보인다, 마음대로 함부로 해도 되는 존재다, 뭐 그런 뜻인가요?"

서범준이 설핏 당황하는 기색으로 된다. 그러곤 곧바로 그녀를 향해 가볍게 고개를 숙여 보인다.

"그런 의도는 아니었는데, 제 표현이 많이 잘못되었군요. 정중히 사과하죠!"

"사과까지 하실 건 없어요. 서범준씨가 어떻게 생각하건 그
건 어디까지나 서범준 씨의 자유일 테니까요! 다만 저와 연관
되지 않도록만 해주세요!"

황유나의 말투가 쌀쌀맞다. 이어 그녀는 덥석 철민의 팔짱
을 꼈다.

"가자, 철민 씨!"

철민은 애써 표정을 관리해야만 했다. 팔뚝에 와 닿는 뭉클
한 느낌 때문에라도!

서범준은 무표정한 얼굴이다. 철민과 황유나가 룸을 나간
뒤, 그는 한참을 꼼짝도 하지 않고 서 있었다.

그리고 다시 얼마간의 시간이 지난 후, 그가 가만히 혼잣말
로 중얼거린다.

"재미있군!"

말끝에 떠오르는 희미한 미소의 꼬리에 사뭇 흥미롭다는
느낌이 매달려 있다.

제18장
남자가 아니면?

그의 낯선 무엇!

황유나는 곧장 택시를 잡았다.

철민이 택시를 타지 않겠다는 듯이 조금쯤 버티려는 몸짓이었지만, 그녀는 우격다짐이다시피 그를 택시 뒷좌석으로 밀어넣어 버렸다.

"기사님! 홍대 앞이요!"

그녀가 행선지를 말했다.

철민이 가볍게 인상을 썼다. 그것이,

'홍대는 왜?'

그런 뜻이리라는 것을 짐작하고도 남음이 있기에, 그녀가
짐짓 털털한 투로 말해준다.

"3차 가는 거야! 기분도 꿀꿀하고, 우리 둘 다 집에서 누가
기다리고 있는 입장도 아니고. 안 그래?"

철민의 표정이 가볍게 꿈틀한다. 그런 반응에 대해서는 또,
'우리'라는 말에 대해 그가 새삼스럽게 '정신적 화학반응'을 일
으킨 것은 아닐까, 문득 생각이 들기에, 그녀는 조금쯤 짓궂은
느낌으로 배시시 웃어준다.

그러자 철민은 아예 두 눈을 질끈 감아버린다.

'어쭈? 제법 터프해 보이려고 하는데?'

한 번 더 장난스러운 생각을 즐기며 그녀는 다시금 피시시
웃고 만다. 그런데 다시 찬찬히 보고 있자니, 두 눈을 꾹 감은
철민의 얼굴에서는 이때까지 보이지 않았던 낯선 무엇이 보이
는 것도 같다.

'낯선 무엇?'

새삼스럽게 반문해 보며, 그녀는 가만히 생각에 잠겼다.

사실 처음에 서범준이 철민에 대해 설핏 실망하는 기색을
드러낸 데 대해, 그녀는 차라리 공감을 하는 심정이었다. 완벽
하다고 할 만큼의 서범준이었고, 상대적으로 평범하다고 할

수밖에 없는 철민이었으니 말이다.

물론 어디까지나 다분히 속물적인 기준들에 의한 평가에서 그렇다는 것이고, 또한 진즉부터 예상과 각오를 하고 있던 바였다.

그런데 마지막에 서범준이 철민에게 '페어플레이'를 제안했을 때, 철민이 보인 반응은 그녀가 미처 예상하지 못했던 것이었다. 아니, 기대하지 못했던 것이라고 해야 할까?

특히 그 눈!

서범준의 차분하면서도 날카롭게 빛나던 두 눈을 빤히 마주 응시하던 철민의 그 눈은 특히 그랬다.

그녀도 익히 알고 있는 바였다. 남자들이 서열의 동물이란 걸!

어떤 비교의 관점에서도 철민이 서범준과 서열을 두고 다툴 상대가 되지 못한다는 것은 너무도 분명한 사실이었다.

그에 서범준이 '남자 대 남자로서 한번 경쟁해 봅시다!' 하며 누르고 나왔을 때, 철민으로서는 상당한 위축을 보이는 것이 자연스럽고도 당연한 일이었다. 그런데 위축을 하기는커녕, 오히려 정말로 한판 붙어 보겠다는 듯이 기세를 세우며 서범준을 똑바로 노려보던 철민의 그 낯설고도 무모한 만용은 도대체 무엇으로부터 기인한 것이었을까?

무식하면 용감하다? 상대가 얼마나 대단하고 강력한지, 아직 제대로 감을 잡지 못한 무지함이었을까?

그러고 보면, 요즘 들어 그녀는 철민에게서 새롭다고 할 만한 사뭇 낯선 면모를 몇 번쯤 본 적이 있다.

그런 때문일까?

철민의 평범함 속에 무언가, 특별한 것까지는 아니더라도, 조금쯤 예외적인 것이 들어 있을 수도 있겠다는 느낌을, 그녀는 가끔씩 가져보기도 했다. 물론 그 '무언가'가 과연 무엇인지는 다분히 모호하기만 한 것이지만!

넌 남자 아니잖아!

철민은 감고 있던 눈을 천천히 떴다.

옆자리의 황유나가 움찔하며 시선을 피한다. 아마도 그를 보고 있었던 모양이다.

철민은 모른 체하며 창밖으로 시선을 주었다. 도시의 불빛들이 빠르게 어둠 속을 질주하고 있다. 그는 문득 궁금해졌다. 그것이 다분히 실없는 궁금증에 불과한 줄은 알지만!

"너… 그냥 네가 좋아하는 일 열심히 하면서, 자유롭게 즐기면서 살고 싶다고 그랬잖아?"

그가 물었다.

"응……!"

그녀는 약간 갈라진 목소리로 대답했다. 무덤덤한 듯이!

"남자 여자로서가 아니라, 그냥 좋은 사람들과 허물없는 친구로 지내면서?"

"응!"

그녀의 대답이 조금쯤 분명해졌다.

"그러니까… 남자에 대해서는 별 흥미가 없다는 거네?"

그 물음에 대해서 그녀는 잠시 대답이 없었다. 그러다가는 피시시 웃는다. 무슨 뚱딴지같은 말이냐는 듯! 이어 그녀는 성의 없이 툭 뱉는다.

"응! 귀찮아!"

그는 그만 말문이 콱 막히고 말았다.

"나는?"

사뭇 조심스럽게 운을 떼우고 나서, 그가 다시 묻는다.

"나도 귀찮겠네?"

불쑥 뱉어 놓고 나니 영 이상하고도 계면쩍기 짝이 없는 소리다. 그러나 기왕에 뱉어 버렸으니, 흘깃 흘겨보는 황유나의 시선에 대해 그는 가만히 뻗대고 있는다.

그녀는 잠시간 그의 옆얼굴을 응시하고 있더니, 문득 배시시 웃으며 입을 연다.

"아니! 넌 안 귀찮아!"

갑자기 묘한 기분이 들기도 해서, 그는 다시 물어본다.

"난 왜 안 귀찮은데?"

"넌 남자 아니잖아!"

황유나의 그 대답은 조금의 망설임도 없어서 명쾌한 느낌이었다. 그런 데 대해 그는 이번에야말로 제대로 말문이 막히고 말았다. 가만히 한숨부터 불어 내쉬고 나서야 그가 힘겹게 다시 묻는다.

"남자가 아니면… 그럼 뭔데?"

"너?"

짧게 반문하고 나서, 그녀가 나직하게 말을 잇는다.

"완빤치! 용사! 내 보디가드! 됐어?"

빤히 그를 응시하며, 그녀의 눈동자가 가만히 미소 짓는다.

넌 도대체 그 나이 되도록 해본 게 뭐냐?

그저 가볍게 맥주나 한잔 더 하자는 거겠지 했는데, 황유나가 철민의 손을 이끌고 간 곳은, 어느 건물의 지하로 내려가는 입구였다. 계단 아래로부터 강렬한 비트의 음악 소리가 흘러나오고 있다.

"우리 간만에 버닝 한번 해보자!"

황유나가 외치듯이 말했다.

'버닝?'

철민이 가볍게 인상을 쓰며 묻자, 황유나는 좀 더 강한 투로 외친다.

"그래! 오늘 한번 불타 보자고!"

그녀는 다짜고짜 그를 잡아끈다.

그가 차마 뿌리치지 못하고 엉거주춤 따라간다.

계단 아래의 지하 공간은 생각보다 넓다. 호텔로 치자면 로비쯤이나 되는 것 같은 그곳에는 지금, 침침한 조명 아래 제법 많은 사람이 긴 줄을 이루고 있는 중이다. 보아하니 다시 저 안쪽에 있는 클럽으로 입장하기 위한 줄인 모양이다.

"야! 나가자!"

철민이 있는 대로 인상을 쓰며 뱉었다.

"왜?"

그녀가 생글거리며 물었다.

"이 시간에 이런 데 오는 것도 그런데, 무슨 청승으로 줄까지 서서 들어가냐?"

"무슨 소리! 원래 클럽은 이 시간쯤 되어야 분위기가 제대로 살아! 그리고 조금만 기다려 봐! 내가 아는 MD가 있으니까!"

MD? 그건 또 뭔데?'

"어머, 얘 좀 봐? 클럽 MD도 몰라? 설마 너, 클럽도 처음 와 보는 거니?"

황유나가 무슨 큰 건수라도 잡았다는 듯이 눈매를 가늘게 만들며 다시 묻는다.

"넌 도대체 그 나이 되도록 해본 게 뭐냐?"

면박이라도 주는 듯한 투에 철민은 이윽고 울컥하고 만다.

"해본 게 뭐냐고? 군대 갔다 오고! 대학 졸업하고! 죽어라 취직 준비하고! …그랬다. 그러다 보니 이 나이가 돼 있더라! 왜? 내가 뭐 잘못한 거라도 있냐?"

그러자 황유나가 짐짓 기세를 꺾는 체하는 표정을 만든다.

그러나 철민이 그걸로는 성에 차지 않아서 다시 쏘아준다.

"그러는 넌? 그 나이 되도록 이런 데 많이 다녀서 퍽이나 자랑스럽겠다?"

황유나의 눈매가 대번에 샐쭉해진다.

"이런 데? 이런 데가 어때서? 그리고 내가 놀기나 하자고 이런 데를 다니겠냐? 여기, 얼마 전에 취재차 한 번 와 봤다. 됐냐?"

'기자가 무슨 큰 벼슬이라고 걸핏하면 그놈의 '취재차'를 들먹이냐? 그럼 오늘은 또 뭐냐? 오늘도 취재차냐?'

그렇게 따져 묻고 싶은 걸, 철민이 애써 참는다.

"MD가 뭐냐고 물었지? 사실 나도 정확한 건 몰라! 사람들 말로는, 마케팅 디렉터쯤 된대! 그렇다고 뭐 대단한 건 아니고, 그냥 나이트클럽의 웨이터쯤 된다고 보면 돼!"

황유나가 슬쩍 딴전을 피웠다. 이어 그녀는 휴대폰을 꺼내 잠시 화면을 넘긴다.

"보자… 아, 여기 있네! MD용준!"

그녀가 곧장 전화를 걸었고, 또 금방 연결이 된 모양이다.

"아! MD용준 씨? 예! 지금 입구에 와 있어요! 예! 그러죠!"

짧게 통화를 끝낸 황유나가 철민의 손을 잡아끌고는, 곧장 줄의 제일 앞쪽으로 간다. 그러자 길게 줄 선 사람들의 시선이 일제히 둘에게로 쏠린다. 철민이 영 민망해서 눈 둘 곳을 모르는데, 황유나는 태연하기만 하다.

기다린 지 삼사 분쯤이나 지났을까?

클럽 안쪽으로부터 말쑥한 정장 형태의 유니폼을 입은 청년 하나가 나오더니, 두리번거리는 기색도 없이 곧장 황유나에게로 다가온다. 그러고는 넙죽 허리 숙여 인사하며 반가운 체를 한다. 스물서넛쯤이나 되었을까? 그러나 나이보다는 사뭇 노련한 태가 나는 청년의 왼쪽 가슴에는 금빛의 작은 명찰 하나가 달려 있다.

MD용준

'MD가 마케팅 디렉터?'

철민은 몇 가지의 깨달음(?)을 한꺼번에 얻었다.

그런 중에 MD용준이 손바닥을 입 옆에 세우며 황유나의 귓전에다 대고 나직이 외친다.

"방금 전에 예약 취소된 룸이 하나 있는데, 드릴까요?"

"룸은 좀 답답해서 싫고… 그냥 위치 좋은 테이블로 하나 잡아줘요! 대신 술은 좀 괜찮은 걸로 시킬 테니까! 오케이?"

말끝에 황유나가 손가락 두 개를 펴 보인다.

"옙! 잘 모시겠습니다!"

MD용준이 넙죽 허리를 접었다.

그에 대해 황유나는 가볍게 고개를 숙이는 정도로 답례한다.

그런 모습에서 철민은 그녀가 꽤 노련해 보인다는 생각을 해본다.

"잠깐만 기다려주십시오! 총알처럼 갔다 오겠습니다!"

MD용준은 빠르게 사라졌다. 총알만큼 빠르지는 않았지만!

"이건 뭐냐?"

철민이 슬쩍 손가락 두 개를 펴 보이며 황유나에게 물었다.

"아, 그거… 20만 원! 그 정도 선에서 계산을 맞추었으면 한다는 거지!"

그녀가 별거 아니란 듯이 대답했다.

철민은 불쑥 괜한 반발이 생긴다. 20만 원이라니? 금액 자체의 크고 작음이 문제가 아니라, 이런 번잡스럽기 짝이 없는 곳에서 기껏 테이블 하나 차지하고서 술 한 병 마시는 값으로는 너무 과한 것 아닌가 말이다.

"내가 한턱내는 거야! 그러기로 했잖아?"

철민의 생각을 짐작이라도 챘는지 황유나가 툭 어깨를 부딪치며 말했다.

MD용준이 확보해 준 테이블은 무대에서 제법 떨어졌다는 점에서, 철민에겐 그나마 나쁘진 않았다.

무대 위에서는 지금 쿵쾅거리며 고막을 마구 울려대는 음악 소리와 섬광처럼 번쩍이는 조명 속에서 수십 명의 사람이 뒤섞여 몸을 흔들어 대고 있는 중이었다.

얼마 지나지 않아 술 한 병과 과일 안주 한 접시가 나왔다. 술병에 잔뜩 새겨진 글자들 중 한글이 전혀 없다는 점에서 철민이 그저 양주인가보다 할 뿐인데, '20만 원'의 후광 때문인지 제법 그럴듯해 보이는 데는 있었다.

황유나는 이미 적당한 선을 살짝 넘어설 정도로 꽤 취한 상태였지만, 곧장 잔을 채우고는 외친다.

"원 샷!"

'오늘 정말로 '버닝'할 작정인가?'

철민은 슬슬 걱정이 되기 시작한다. 일단 한계를 넘어가 버린 뒤에 황유나가 어떤 모습으로 변하는지, 얼마나 대책 없이 퍼지고 망가지는지, 이미 경험해 보았던 바가 있는 것이다.

그러나 그는 막상 그녀를 말려 볼 엄두를 선뜻 내지는 못한다. 그가 생각하기에도 오늘 밤 그녀에게는 취할 이유가 어느 정도는 있어 보이니 말이다. 비록 그것이 '버닝'할 만한 이유가 되는지는 몰라도!

몇 잔의 술을 거푸 비워 낸 황유나가 벌떡 자리에서 일어선다.

"나가자!"

외치며 그녀가 덥석 철민의 손을 잡아끈다.

그만 클럽을 나가잔 소리일 리는 없으니, 춤추러 나가잔 소리이리라.

철민이 엉거주춤 끌려 일어나긴 했지만, 정말로 춤을 추러 나가고 싶진 않아서 일단은 슬쩍 힘으로 버텨본다.

그런 그를 그녀는 무작정으로 끌어당긴다.

그때 음악이 바뀐다. 귀를 찢는 듯한 테크노 비트다.

"나가자니까? 얼마 안 남았지만, 우리 아직 20대야! 피 끓는 청춘이라고! 봐! 저렇게 뜨겁게 몸부림치는 열정의 도가니를 보고도 어떻게 구경만 하고 있을 수 있겠냐고?"

황유나가 외쳤다.

순간 철민은 진저리를 치듯이 부르르 몸을 떨고 말았다. 마치 선동가라도 된 듯한 그녀의 열변에, 그리고 격정에 감동을 받아서는 아니다. 그녀가 그의 귓가에다 바짝 대고 외친 까닭이다. 귓바퀴 가득 와 닿는 간질거림! 후끈거림! 그리고 축축함이라니……! 입김! 침! 그리고 진한 술 향기! 그는 마치 감전이라도 된 듯이 찌릿찌릿해지며 그대로 온몸이 마비가 되는 듯했다.

"야! 완빠치! 뭐 해, 나가자니까?"

황유나가 다시금 외치며 힘껏 그의 팔을 잡아당긴다.

그런데 완빠치?

그 느닷없는 부름에는 철민이 이윽고는 항거불능이 되며, 힘없이 그녀의 손에 끌려 나가고 만다.

제19장

꼴통들

차라리 익숙한 소외

무대는 젊은 남녀들로 꽉 차서, 그야말로 발 디딜 틈이 없다. 그들 청춘들이 저마다 뿜어내는 열기로 공기마저도 뜨겁다.

황유나는 가만히 선 채로 두 눈을 지그시 감는다. 그러더니 이내 어깨와 머리를 까딱이며 조금씩 리듬을 타기 시작한다. 주변의 다른 사람들에게는 신경 쓰지 않고 자신의 흥에만 온전히 심취해 드는 듯하다.

스스로의 기분과 춤에 온전히 심취해 있는 것은, 무대 위의 모두가 마찬가지이다.

다만 철민만 예외다. 혼자만 멀뚱히 서 있을 수도 없어서, 그도 어설프게 몸을 흔드는 시늉을 해본다. 그러나 영 어색하여 도무지 못할 노릇이다.

사실 그는 옷차림부터 예외적이다. 남자들은 꽤나 잘 차려입은 중에도 나름의 자유로운 개성들이 부각되는 차림들이고, 개중에는 공들여 화장을 한 듯이 보이는 남자들까지 있다. 여자들은 대부분 노출이 좀 과하다 싶다. 허리춤의 뽀얀 살과 문신이 드러나는 정도는 약소한 편이고, 시선을 주기조차 민망할 정도로 아슬아슬한 옷차림도 많다. 그런 중에 그 혼자만 너무도 평범한 차림이었으니, 본의 아니게도 역으로 튀는 존재가 되고 만 것 같다.

황유나는 본격적으로 리듬을 타기 시작하는 모양으로 몸놀림이 슬슬 커지고 있다. 딱히 무슨 스텝을 밟거나 화려한 동작은 아니지만, 늘씬한 몸매의 그녀가 음악에 맞춰 몸을 흔들기 시작하자, 그 자체만으로도 주변의 눈길을 사로잡는 멋진 춤이 되고 있다.

혼자만의 흥에 빠져 있더니, 그녀는 뒤늦게 철민의 어색한 지경을 본 모양이다. 그녀가 문득 철민과 마주보며 서더니, 커플 춤이라도 추듯이 리드를 한다.

철민은 쑥스러웠지만, 어차피 곤란하던 상황이다. 또한 비교적 간단한 몸짓으로 보이기에 슬슬 그녀를 따라해 본다. 그런데 철민이 그녀를 따라 서너 가지의 동작을 반복하는 중에, 갑자기 그녀의 얼굴이 확 다가온다. 그리고 움찔 놀라는 그의 귓속으로 예의 그 간질거리고, 후끈하고, 축축한 느낌이 쏟아져 들어온다.

"그냥 음악에다 몸을 맡겨! 마음 가는 대로 흔들라고! 그냥 즐기는 거야!"

'말이 쉽지! 그게 내 맘대로 되냐?'

진저리를 치는 중에, 철민이 내심 외쳤다. 그러나 그녀의 성의를 생각해서라도 그는, 방금 배운 몇 가지 몸짓들을 열심히 해본다.

황유나가 슬쩍 엄지손가락을 추켜세우는 시늉을 해 보인다. 그러더니 그녀는 다시 '음악에 몸을 맡기고, 마음 가는 대로 흔들고, 그냥 즐기는' 스스로의 흥에 몰입해 드는 모습이다. 그리고 그녀의 몸짓은 보다 격렬해지고 현란해진다. 그렇더라도 민폐는 아니다. 아주 잘 추는 춤이고, 멋지고 섹시하다. 철민의 눈에만 그런 건 아닌 모양이다. 주변에서 춤추는 사람들이 기꺼이 그녀를 위한 공간을 내어주고 있다. 뿐만 아니라 환호와 박수로 격려와 찬사를 보내기도 한다.

철민은 그녀에게서 조금씩 거리를 멀리해 나간다. 그녀의 주위에서 얼쩡대기가 영 부담스럽다. 더욱이 이제쯤에는 춤이고, 리듬이고 도저히 견디기 힘든 고문처럼 되어버려서 혼자라도 테이블로 돌아갈까 하는 생각에서다.

그런데 그때다. 갑자기 음악이 바뀌고 있다. 그리고 길게 외치는 DJ의 멘트!

"자~! 이제부터 부비부비 타임~!"

순간 사방에서 열렬한 환호가 터져 나온다.

무대 위의 분위기가 돌연 달아오른다. 여기저기서 남녀들이 서로 짝을 지으며 몸을 맞대고 비비며 춤을 추기 시작한다.

철민에게도 여자 하나가 다가온다. 그러고는 반바지에다 민소매티셔츠의 벌거벗다시피 한 몸을 비벼온다. 이걸 두고 호사라고 해야 하는 건지, 고역이라고 해야 하는 건지?

그런데 막상 문제는 황유나 쪽이다. 그녀의 주변으로 어느새 네다섯이나 되는 남자가 모여들어 있다.

'이런 개자식들이 어딜 감히?'

그런 심정으로 철민이 한걸음에 황유나에게로 달려간다. 그리고 급한 대로 어깨를 앞세우며 밀고 들어가서 그녀에게 달라붙은 남자들을 밀쳐낸다. 그가 겨우 그녀의 손목을 낚아채는데, 얼떨결에 밀려난 남자들로부터 항의와 반발이 터져 나온다.

"당신, 뭐야?"

하는 소리는 점잖은 편이고,

"야, 이 새끼야! 지금 뭐 하자는 거야?"

거친 소리와 함께 당장에 주먹이라도 날릴 듯이 사뭇 험악하게 인상을 써대는 치도 있다.

철민이 일단은 꾸벅꾸벅 고개부터 숙여 보인다. 그러고는 얼른 황유나의 손목을 잡아끈다.

황유나는 갑작스러운 사태에 얼떨떨해하는 기색이었지만, 상황의 험악함을 파악했는지 철민이 이끄는 대로 고분고분 따라주었고, 덕분에 둘은 무사히 테이블로 돌아갈 수 있었다.

달궈졌던 열기가 좀처럼 식지 않는 것일까, 아니면 조명불빛 때문일까? 술 두 잔을 연거푸 비워 내는 황유나의 얼굴이 붉게 상기되어 보인다.

"마셔! 내가 큰맘 먹고 한턱 내는 건데……!"

황유나가 철민의 반쯤 남은 술잔이 넘치도록 채워 주며 새삼 생색을 냈다. 그러곤 자신의 빈 잔을 내민다.

"나도 한잔 줘!"

철민은 가만히 이마를 찡그린다. 황유나는 이미 취했다. 그러나 그는 이내 표정을 풀며 선뜻 그녀의 잔을 채워 준다. 그녀가 걱정스러운 것보다는, 빨리 병을 비워 버리고 이곳을 나가고 싶다.

'어차피 그녀를 책임질 사람은 나다!'

그런 계산(?)도 있었다.

무대로부터 전해지는 음악은 여전히 요란하다. 무대 위 춤추는 사람들의 흥청거리는 격정도 여전하다. 그러나 그녀와 그는 묵묵히 술잔만 비워내고 있다. 그들은 마치 클럽 내의 외딴섬으로 도피해 있는 구경꾼들 같다.

철민은 가볍게 고개를 흔들었다. 얼굴에서 열기가 느껴진다. 눈 주변도 뻑뻑한 것 같고, 기분도 좀 들뜨는 것 같다. 취해가고 있다는 몸의 반응이리라. 그럭저럭 많이 마시기도 했다. 그렇더라도 예전 같았으면 벌써 만취하여 정신 줄을 놓았을 텐데, 사실 최근에 술이 많이 세지긴 했다. 아마도 꾸준히 하고 있는 깨꿈의 덕이리라고 그는 짐작해 본다.

그러나 아무리 그렇다고 하더라도 술에는 장사 없다는 말도 있지 않은가? 더욱이 이미 취해버린 황유나를 '책임'져야 하는 입장이 아닌가? 철민은 좀 더 세게 고개를 흔들었다. 그런데 그때였다.

'어라?'

테이블로 성큼 다가서는 한 사람을 보고 철민은 놀랍다기보다는 차라리 의아하다는 심정이 되고 말았다.

서범준이었다.

서범준은 철민에게 가볍게 고개를 까딱여 보이고는 느긋해 보이리만치 태연하게 빈 의자 하나를 차지하고 앉았다.

황유나가 서범준의 등장을 알아본 것은 그러고 난 다음이었다.

"여긴 웬일이죠? 우리 뒤를 미행이라도 했나요?"

황유나는 놀라기보다 곧바로 차가운 반응이었다.

"뒤를 쫓아온 건 맞지만, 미행이라기보다는 정해진 룰의 범주 내에서 행하는 노력의 일환이라고 봐주면 좋겠군요!"

서범준이 담담하게 받았다.

"룰이라니요, 무슨 엉뚱한 소리죠?"

"앞으로 세 달 동안 김철민 씨와 제가 서로 페어플레이를 하기로 한 룰 말입니다."

"저와 연관되지 않도록 해달라고 분명히 말하지 않았나요?"

황유나는 차가움에 더해 이윽고 화를 비치고 있었다.

그러나 서범준은 차분함을 잃지 않고 차근차근한 투로 받는다.

"그랬지요. 그러나 그때 유나 씨는 제가 어떻게 하든, 그건 어디까지나 저의 자유라는 말도 함께했었지요."

"지금 저랑 말장난하자는 건가요?"

"말장난 같은 건 즐기지 않습니다. 그리고 다른 사람도 아닌 유나 씨가 나를 그렇게 가볍고 경솔한 사람으로 여긴다면, 그건 몹시 섭섭하군요."

그 말에는 황유나가 곧장 받아치지를 않고, 잠시 서범준을 쏘아보기만 한다.

그런 덕분에 철민도 비로소 가만히 한숨을 내쉴 수 있었다. 쉴 틈 없이 이어진 두 사람의 날선 공방이, 느끼지 못하는 사이에 그를 잔뜩 도사리게 만든 것 같다. 함부로 끼어들 수도 없는 입장임에도 말이다.

"우리 두 사람의 사이가 예전과 달라졌다고 해서, 그렇다고 당장에 원수지간으로 되어야 하는 건 아니라고 생각합니다. 정말로 그래서는 안 되는 것이겠죠? 더욱이 이미 페어플레이의 룰이 합의된 만큼, 앞으로 3개월간이라도 적정한 선에서 서로의 관계를 유지하지 못할 이유는 없는 것 아닌가요?"

황유나는 잠시 더 서범준을 노려본다. 그러더니 한순간 세차게 머리를 흔든다. 마치 취기가 치밀어 오르기라도 하는 듯이! 그리고 그녀는 다시,

"홋!"

하는 짧은 웃음을 토해내고는 이어 툭툭거리듯이 뱉는다.

"뭐, 좋아요! 까짓것 그렇게 하는 걸로 하죠!"

철민은 설핏 불안을 느꼈다. 황유나의 그 말이 마치 '될 대로 되라!'는 말처럼 들려서다.

그녀가 다시 말을 잇고 있다.

"무슨 룰이 어쩌고, 3개월이 어쩌고 하는 건, 전 모르겠어요. 하긴, 내일 당장 우리에게 또 어떤 일이 벌어질지 모르는데, 그런 게 다 무슨 의미가 있겠어요? 결국 중요한 건 지금 이 순간이겠죠! 그래요! 이유야 어떻게 되었건, 기왕에 이렇게 모였으니, 이 자리에서만큼은 우리 다른 건 묻지도 따지지 말기로 해요. 다만 지금 이 순간에 대해서만 임시로 정의를 해 두기로 하죠! 자! 내일 우리가 또 어떻게 될지는 모르겠지만, 지금 이 순간만큼은 우리 세 사람 모두 친구가 되기로 하죠! 그리고 서로 친구로서, 우리에게 주어진 지금의 이 분위기에 최대한 충실하기로 해요!"

'이런 제기랄! 누구 맘대로!'

철민이 하마터면 그렇게 소리칠 뻔했다. 헛소리였다. 황유나가 취해서 뱉는 횡설수설이었다. 그러나 여전히 분명한 건, 그가 불쑥 끼어들기는 어려운 입장이란 것이다. 그때다.

딱!

서범준이 한 손을 위로 치켜들고 손가락으로 소리를 냈다. 그러자 어디선가 대기라도 하고 있었던 듯이 즉시 누군가 달려왔다. MD용준이었다.

"여기 마실 것 좀!"

주문은 그걸로 충분했다.

"옙!"

MD용준의 허리가 즉시 90도 각도로 접혔다. 물론 서범준을 향해서다. 이어 MD용준은 잽싸게 사라졌다.

처음에 황유나가 주문할 때처럼 '손가락 두 개'를 보여주는 따위의 절차는, 서범준에게는 필요하지 않았다.

잠시의 어색함도 바라지 않는다는 듯이, 황유나는 테이블에 세팅되어 있던 잔들 중의 하나를 서범준에게 건네고 술을 채워 준다. 그에 병이 비워졌으니 그것은 마지막 잔이었다.

그러나 그 '마지막'의 의미는, 적어도 철민에게는 크게 변질되고 말았다. 병이 '마지막'을 고했어도, 그는 황유나를 데리고 클럽을 나갈 수 없게 되었다. 솔직히 철민은 약간의 비애마저 느끼고 있었다. 그녀가 그에게 한턱을 낸 '손가락 두 개'짜리 술병의 '마지막'이 엉뚱한 사내에게 돌아가다니!

'아내가 결혼했다!'라는 책! 언젠가 그 책을 읽고 나서 와 닿던 사뭇 특이한 부분! 철민은 지금 이 순간 그때와 비슷한 게 느껴지는 것 같기도 했다. 역시… 취기 때문이리라.

테이블에 술 한 병과 안주 두 접시가 새로 놓여졌다.

철민은 그 새로운 술 한 병의 가격이 '손가락 두 개' 즉, 20만 원은 훨씬 상회하리라는, 조금도 새삼스러울 것 없는 '통밥'을 재본다.

황유나가 선뜻 술병을 집어 들더니, 조금은 터프하게 뚜껑을 돌려 딴다.

순간 철민은 좀 전의 그 '특이한 임팩트'가 다시금 불쑥 재생되는 기분이었다. 이윽고 아내와 다른 사내의 결혼식을 지켜보는 기분이랄까?

'시파……!'

또한 역시나… 취한 까닭이리라.

세 사람은 계속 마셔대고 있었다. 누가 술이 센지 내기라도 하는 듯이!

내기라면 사뭇 불공정한 내기일 것이다. 철민과 황유나는 이미 많이 마신 상태에서 새로 시작을 한 것이니 말이다.

그러나 그런 것 따위에는 누구도 신경 쓰지 않는다. 그들은 그냥 마시고 있을 뿐이다.

문득 귀를 울리는 건 다시 테크노 음악이다. 강렬한 비트가 클럽 안의 모두를, 모든 것을 휩쓴다. 소음도, 열기도, 취기도, 음악도 함께 휘둘려 달리고 있다. 그야말로 '광란의 밤' 속으로! 그런 느낌에서 철민은 자신이 취했음을 새삼 분명히 인정할 수밖에 없다.

황유나와 서범준이 언제부터 나란히 앉아 있게 되었는지,

그 순간을 철민은 미처 포착하지 못했다.

둘은 뭔가 재미있는 농담이라도 나누는 듯이 연신 웃음을 남발하고 있다. 철민의 가슴을 울컥거리게 만든 건, 그들 두 사람이 말을 주고받을 때마다 얼굴을 가까이 가져다 대고 귓속말을 하듯이 하고 있다는 것이다.

'뭐, 주변이 워낙 시끄러우니까! 그리고 취했으니까!'

소용도 없는 위안을 하며, 철민은 술잔에 담긴 연한 갈색의 액체를 입에다 털어 넣는다. 그리고 기계적이다시피 다시 잔을 채운다. 좀 더 취해야 마음이 편해질 것 같다.

철민은 문득 주변을 돌아본다. 지금 이 순간, 그에게 신경을 쓰는 사람은 아무도 없다. 이 순간 모두는 그와 무관하다. 철저히! 그는 다시금 외딴섬처럼 소외되어 있다. 익숙하게도!

서범준이 주문했던 새 술병이 이윽고 바닥을 보이고 있다.

철민은 보다 강한 의지로 술병을 자신에게로 당겨온다.

그리고 천천히 잔을 채운다.

조금은 만족스러운 기분이다.

그것이 정확하게 마지막 잔이라는 데서 약간의 보상을 받는 느낌이랄까?

황유나가 그에게 낸 '한턱'의 마지막을 서범준이 차지한 데 대한 소심한 복수라고 해도 좋다.

'시파……!'

유치한 노릇이다.

진짜로 취하긴 취했나 보다.

저것들도 꼴통이긴 마찬가지네?

철민은 슬쩍 자리에서 일어섰다. 오줌보도 좀 비우고 찬물로 세수라도 한번 할 참이었다.

그런데 둘이서 '짝짜꿍'이 맞아 있던 중에도 마침 그를 보았던지, 서범준이 또한 자리에서 일어선다.

"같이 갑시다!"

'같이 가긴 어딜 같이 가? 화장실도 같이 가야 되냐?'

안 그래도 심기 불편한 중이라, 그런 반응이 울컥 생긴다. 물론 입 밖으로 낼 수야 없는 노릇이다. 그가 대충 고개를 끄덕여 주고는 앞장을 선다.

서범준이 약간쯤 불안정한 걸음으로 따라오다가 이내 성큼거리를 좁혀서는 철민의 옆으로 나란히 선다.

그런 서범준에 대해, 철민은 은근히 거슬린다. 아니, 솔직히는 괜스레 위축이 된다. 키, 얼굴, 몸… 모든 면에서 그가 열등하다는 건, 아무래도 인정할 수밖에 없는 사실이다.

화장실 앞에서 철민은 서범준을 먼저 들어가도록 했다. 그리고 그가 소변기 앞에 서는 걸 보고서, 서너 칸쯤 떨어진 소변기를 택했다.

"김철민 씨! 비영리 연구소의 연구원으로 일한다고요?"

세면기에서 나란히 손을 씻으면서 서범준이 물었다.

"아… 예!"

철민이 저도 모르게 약간쯤 떨떠름한 대답이 나갔다. 그것이 황유나가 만들어준 구차한 껍데기인 것만 같아서다.

그러나 서범준은 철민의 '떨떠름함'쯤 개의치 않는다는 듯이 태연스레 다시 묻는다.

"실례가 안 된다면, 연봉이 얼마나 되는지 물어봐도 될까요?"

서범준의 그 말투에서 철민은, 그가 자신을 대하는 태도가 한 계단쯤 낮은 쪽으로 내려온 느낌을 받는다. 그리고,

'실례가 안 된다면!'이라니?

'니~ 미! 실례가 안 될 리가 있겠나?'

그런 마음으로까지 되고 보니 영 껄끄러워지는 것이지만, 철민은 애써 마음을 추스른다. 약간쯤 꼬인 듯한 서범준의 발음만으로도 그가 제법 취했다는 사실을 감안해 줘야 하는 것이리라. 그럼으로써 약간쯤의 실례 내지, 오버는 용인될 수 있는 것이리라. 취한 상태에서야 어느 정도쯤 흐트러지지 않는

사람이 있겠는가 말이다. 아무리 스탠포드와 하버드 MBA, 그리고 진성그룹의 후계자, 기타 등등의 '삐까뻔쩍'한 스펙으로 철갑 무장을 했더라도, 그 단단한 무장 속에는 다른 이들과 마찬가지로 인간으로서의 여린 속살이 들어 있을 것이 아닌가 말이다.

더욱이 오늘 서범준의 기분이 개판일 것이라는 데 대해서는, 철민이 새삼 공감해 줘야만 할 것 같은 의무감마저 드는 것이었다. 황유나의 공범자로서!

"연봉이야 뭐… 박봉이죠! 아무래도 비영리 연구소이다 보니……!"

철민이 나름대로는 수수롭게 대답을 했다. '비영리'를 슬쩍 강조하는 것으로, 그나마 마지막 한 줌의 자존심은 세우면서!

"그렇군!"

별 감흥 없이 혼잣말로 중얼거린 후 서범준이 불쑥 말을 이었다.

"그런 말 들어봤소? 남녀의 인연은 격에 맞는 사람들끼리 맺는 게 순리다……!"

무슨 의도에서 하는 말일까? 철민은 당황스럽기보다는, 불쑥 불쾌하다. 그가 애써 담담하게 반문한다.

"무슨 말씀이신지……?"

서범준이 싱긋 웃으며 받는다.

"까놓고 하나 물어봅시다! 김철민 씨는 유나 씨가 장차 재벌의 안주인으로 살기를 바랍니까, 아니면 박봉의 월급쟁이 아내로 살기를 바랍니까?"

그 말에는 철민이 선뜻 대답을 내놓지는 못한다.

서범준이 정면으로 철민과 시선을 맞추며 말을 잇는다.

"당신도 아마 알고 있으리라 믿지만, 우리는 당신과는 다른 세상에서 살아가고 있는 사람들이오!"

순간 철민은 뭔가 울컥 치미는 심정으로 된다. 갑작스러운 '당신'이라는 호칭보다도 그것에 선명하도록 대치가 되는 '우리'라는 호칭에 대해서다. 그것이 서범준 자신과 황유나를 당연한 듯이 하나로 묶어 지칭하는 것일 테니 말이다.

서범준은 차갑도록 태연스럽게 철민을 응시한 채로 다시 말을 이어간다.

"단순히 재벌과 월급쟁이의 차이를 말하는 게 아니오. 당신과 우리가 지닌 문화의 차이를 포괄적으로 포함해서 말하는 거요. 서로 다른 환경에서 태어나고, 자라고, 교육받으면서, 복합적으로 형성된, 서로 확연히 다른 문화! 그럼으로써 우리는 당신이 사는 세상과는 확연히 다른 세상에서 살고 있다는 거요. 그게 어떤 세상이냐고? 핵심만 간단하게 말하자면, 당신은 절대로 들어올 수 없는 세상이오. 처음부터 정해져 있는 세상이고, 철옹성처럼 견고하고 지독히도 배타적이어서 바깥에서 새로운 사람이 들어오는 걸 결코 허락하지 않는, 그런 세상!"

어느 순간부터 철민은 문득 냉소하는 기분으로 되었다.

"그래서요? 말하고자 하는 결론이 뭡니까?"

철민은 차라리 담담하게 물을 수 있었다.

서범준이 다시금 싱긋 웃음기를 떠올리며 말을 잇는다.

"당신이 황유나의 새로운 남자 친구라는 데 대해서는 솔직히 말하자면, 처음엔 기분이 정말로 좀 그랬어! 그러나 황유나가 누구를 남자 친구로 사귀는지 하는 따위가 무슨 중요한 문제가 될까? 남자 친구? 얼마든지 만들고 사귈 수 있는 거지. 당신 이후에 또 새로운 남자 친구가 생기지 말란 법도 없는 것이고. 그런 건 나도, 또 당신도 마찬가지 아닐까? 얼마든지 다른 여자 친구가 생길 수도 있는 거지. 훗! 남녀 간의 사귐? 애정? 그런 게 무슨 의미가 있을까? 내가 중요하게 여기는 건, 사귀는 게 아니고 결혼이야. 결혼은 하나의 비즈니스거든! 무슨 말인지 알아? 남과 여 두 사람이, 각자 가지고 있는 모든 직간접적 인적, 물적 요소를 인풋으로 해 인내와 신뢰, 그리고 화합과 조화라는 프로세스를 거쳐, 가치 창조와 안정과 평화라는 아웃풋을 만들어내는 장기간의 비즈니스!"

서범준이 잠시 철민을 응시하다가는 다시 말을 계속한다.

"말하고자 하는 결론이 뭐냐고? 이미 분명하잖아? 누가 황유나와 사귀느냐 하는 것과는 상관없이, 결국 누가 황유나와 결혼을 하게 될까? 당신일까? 후후후! 아직도 결론을 찾지 못했다면, 내가 분명히 말해주지! 당신은 결코 아냐! 왜냐고? 당신은 절대로 날 이길 수가 없으니까! 무슨 말인지 알아들어? 현명하다면··· 적당히 물러나라는 거야! 얼마간 구색을 맞추다가 적당한 시점에서 자연스럽게! ···황유나를 위해서! ···그리고 당신 스스로를 위해서도!"

철민은 자신에게 고정되어 있는 서범준의 시선을 묵묵히 맞받고 있다. 지금 그가 할 수 있는 건 그것뿐이다.

'적당히 물러나라고? 그렇게 못 하겠다면?'

그렇게 받아 주고 싶은 마음이야, 물론 있다. 그러나 그에게 그럴 자격이 없다는 건 새삼 분명했다.

서범준의 눈빛에 설핏 힘이 들어간다. 그러나 그는 이내 잠깐의 냉소를 비치며 시선을 거둔다.

촤아아~!

서범준이 세면기의 물을 세게 틀었다. 그런 채로 손에 비누를 묻혀 양손 구석구석을 꼼꼼하게 씻어내며 그가 나직이 덧붙인다.

"지금껏 내가 원하는 걸 얻지 못한 적은 없어! 단 한 번도! 황유나도 마찬가지야! 어떤 과정을 거치더라도, 그녀는 결국 내 여자가 되게 되어 있어! 반드시!"

서범준이 종이 타월을 빼서 손을 닦는다. 그리고 그것을 휴지통에 던져 넣고, 바지 주머니에 두 손을 찔러 넣은 채 화장실을 나가면서 나직한 웃음소리를 흘린다.

"후훗! 페어플레이? 물론이지! 난 언제나, 그리고 철저히 합법적인 범주 안에 있을 거야!"

철민은 세면대 거울 속에 비친 자신의 모습을 응시하며 우두커니 서 있다. 울컥 치밀던 분노도, 냉소도 잠시 만에 지나가 버렸다. 그 뒤에 몰려온 것은 차라리 씁쓸함이다.

어쩌면 서범준의 말이 맞을 수도 있다.

사실 얼마 전까지만 해도 그에게 황유나는 그저 아련한 동경의 대상이었을 뿐이지 않았던가?

그런데 지금은? 변한 것이 있는가? 그는 과연 한 남자로서, 그녀를 한 여자로 생각하게 되었는가?

아니, 그런 관점은 무의미하고도 우둔하다. 그녀에 대한 그의 생각이 어떠한가 하는 문제 이전에, 그에 대한 그녀의 생각이 어떠한가 하는 게 우선이지 않겠는가?

그러나 사실, 그런 데 대한 그녀의 대답은 이미 들은 바 있다.

"넌 남자 아니잖아!"

그녀가 그랬었다.

"남자가 아니면… 그럼 뭔데?"

그가 물었었다.

"완빤치! 용사! 내 보디가드! 됐어?"

그녀가 대답했었다.

'황유나와 서범준이 벌이는 사랑 놀음에, 멋모르고 끼어든 셈인가? 더 우스운 꼴이 되기 전에 지금이라도 빠져줘야 하는 건가?'

철민의 생각은 이윽고 그런 데까지 이르렀다.

그러나 그는 곧바로 고개를 가로젓는다. 취한 황유나를 두고 갈 수는 없다는 생각이다.

자조와 스스로에 대한 냉소가 곧바로 잇따른다.

'니미! 태평양보다 넓은 오지랖이군!'

'잘나고 잘난 남자 주인공이 멀쩡히 버티고 있거늘, 고춧가루 엑스트라 주제에 도대체 무슨 주제넘은 걱정이란 말인가? 지지건 볶건, 만리장성을 쌓건 허물건, 둘이서 알아서 할 노릇이지!'

그러나 생각은 여전히, 아니 더욱더 분명해진다.

'취한' 황유나를 두고 갈 수는 없다!

"함께 왔으니, 함께 갑시다!"

철민이 화장실을 나서는데, 누군가 성큼 그의 옆으로 붙어 서며 말했다.

서범준이다. 철민을 기다리고 있었던 모양이다.

철민은 불쑥 일어나는 충동을 애써 참았다. 서범준의 관자놀이에다 한 방을 꽂아주고 싶은 충동이었다,

그때 맞은편에서 누군가 잰걸음으로 다가오며 그들을 향해 손짓한다.

"저기요!"

MD용준이었다.

"얼른 좀 가보셔야겠습니다! 일행이신 여자분이, 다른 남자 손님들과 시비가 붙었습니다!"

MD용준의 빠른 말투만으로도, 철민은 당장에 마음이 급해진다. 그런데 곧장 뛰어가려는 그를, 서범준이 팔을 낚아채 제지한다.

"자세히 말해보게!"

MD용준을 향한 서범준의 말은 사뭇 명령조였다.

MD용준이 순간 멈칫하고 나서야 빠르게 대답한다.

"어떤 남자 손님들이 그 여자분에게 겸상을 청했는데, 여자분이 그냥 좋은 말로 싫다고 했으면 서로 적당한 선에서 넘어갈 수도 있었을 걸, 다짜고짜 뺨을 갈기는 바람에……! 어휴~!

지금 난리도 아닙니다. MD들이 수습을 해보려고 하고 있기는 한데, 그 남자 손님들이 워낙 열을 받아 봐서……!"

"뺨을 갈겼다고?"

서범준이 나직이 반문했다. 그러고는,

"호호호!"

묘한 웃음소리를 흘리며 성큼성큼 걸어간다.

철민이 곧장 뒤따라간다.

뒤에 남은 MD 용준이 조금은 어이없다는 듯이 어깨를 으쓱하면서 중얼거린다.

"저것들도 꼴통이긴 마찬가지네? 에라~! 모르겠다! 난 어쨌든 할 만큼 했으니까, 니들 꼴리는 대로 함 해봐라! 존나게 깨지든가, 말든가!"

제20장

우리 완빤치

잠시만 버티고 있어요!

　서범준과 철민이 서둘러 홀 안으로 들어섰을 때, 적어도 그들이 예상하고 있던 것만큼의 심각한 상황은 벌어지고 있지 않았다.

　클럽 내의 분위기는 여전히 뜨거웠다. 음악도, 무대 위의 조명도, 열정적으로 춤추는 사람들도 그대로였다.

　두 사람이 테이블로 갔을 때 황유나는 자리에 앉은 채로 사뭇 도도하기까지 한 모습으로 술잔을 홀짝이고 있었다.

그런 그녀를 지켜 서듯이 유니폼차림의 클럽MD들 셋이 테이블 앞을 막고 서 있었는데, 그 앞쪽으로 정장 차림의 사내 둘이 황유나를 향해 손가락질을 해대며 MD들과 실랑이를 벌이고 있었다.

그런데 철민이 얼추 대강의 상황을 파악하고 있을 때다.

서범준이 갑자기 앞으로 튀어나가며 공중으로 도약해 올랐다. 그러곤 마치 태권도의 이단옆차기인지, 날아차기인지 하는 동작처럼 날아갔다.

표적이 된 사내는 놀라 황급하게 피하려 했지만, 이미 늦어서 그대로 가슴팍을 강하게 차이고는 뒤로 나동그라진다. 그 옆의 서 있던 다른 사내가 재빠르게 가드를 올리며 대응 자세를 취한다. 그러나 몸을 빙글 돌리며 연결 동작이듯이 펼쳐지는 서범준의 회전차기에 그대로 안면부를 가격당하고는, 역시나 뒤로 나가떨어진다. 그야말로 순식간에 벌어진 일이다.

주변 테이블의 손님들에게서 가벼운 동요가 일어난다. 그러나 약간의 박수 소리도 들리는 걸 보면, 동요라기보다는 한바탕 멋진 활극에 대한 감탄과 찬사에 가까운 느낌이다.

서범준이 쓰러진 사내들을 내려다보며 가볍게 옷매무새를 가다듬는다. 우뚝 버티고 선 그의 훤칠한 키와 탄탄한 몸매가 조명을 받아, 그야말로 주인공처럼 돋보이고 있다.

클럽MD들은 크게 당황하는 모습들이다.

MD들이 쓰러진 사내들에게로 다가가 부축해 일으키려고 하자, 사내들은 거칠게 손을 뿌리친다. 그러고는 서범준을 향해 험한 욕설과 위협의 말을 퍼붓는다. 그러나 서범준이 주먹을 쥐어 보이며 성큼 다가가는 시늉을 보이는 것만으로도, 사내들은 재빨리 뒷걸음질을 치더니 곧장 홀 안쪽을 향해 사라진다.

서범준이 느긋한 시선으로 사내들의 뒷모습을 좇고 있을 때다. MD 하나가 그에게로 다가선다.

'MD대근'.

그런 이름표를 단 그는, 다른 MD들보다 훨씬 나이가 들어 보이는 얼굴이었다.

"이봐, 당신! 어쩌려고 함부로 깽판을 쳐?"

MD대근이 대뜸 그렇게 말을 뱉었다.

그런데 대해 서범준이 차라리 어이없다는 표정으로,

"함부로? 깽판?"

하고 되뇌고는, 곧바로 차가운 얼굴로 무겁게 말한다.

"여기 책임자 누구야? 당장 오라고 해!"

"쯧!"

MD대근이 혀를 차고는, 답답하다는 듯이 잇는다.

"이 양반아! 지금 책임자 찾을 때가 아냐! 당신 지금 대형

사고 쳤다고! 알아들어?"

그리고 서범준이 반응을 보이기 전에 MD대근은,

"아, 씨발!"

하고 혼잣말처럼 욕지거리를 뱉고는 다시 덧붙인다.

"조무래기들이었으면, 우리 선에서 진즉 처리했지, 살살 달
래고 있었겠어? 조폭들이라고! 진짜 조폭들!"

"조폭……?"

"그래, 이 양반아! 지금 한 패거리가 저쪽 룸에 들어 있다
고!"

그제야 서범준이 설핏 당황한 기색으로 급하게 묻는다.

"그럼 어떻게 해야 되는 거요? 경찰에 신고를 해야 되는 거
아뇨?"

"이제 우리도 입장이 곤란하게 됐으니까, 사고 친 사람이 알
아서 하쇼!"

MD대근이 핀잔이라도 주듯이 퉁명스럽게 받았다. 그러곤
슬쩍 덧붙인다.

"신고는 무슨? 나 같으면 그럴 시간에 일단 튀고 보겠구만!"

*   *   *

"유나 씨! 빨리 여기서 나갑시다!"

서범준이 황유나를 재촉했다.

철민이 보기에도 그게 최선이었다.

그러나 문제는 역시 황유나다. 그녀는 여전히 느긋하기만 하다. 아니, 혀가 제대로 꼬였다.

"가긴… 어딜 가요? 아직 술이… 남았는데……!"

"문제가 좀 생겼어요!"

"문제……?"

"상황이 급하니까 일단 여기를 나가고 봅시다!"

서범준이 황유나의 팔을 부축하며 서두른다.

그러나 황유나는 완강하게 그의 손을 뿌리친다. 그리고 뱉는 혀 꼬인 소리라니!

"문제는 무슨……! 괜찮… 아요! 완빤치가… 있잖아요!"

철민은 괜히 몸을 움찔거린다. 그녀의 주사가 시작되고 있다.

서범준이 그에게 눈짓을 한다. 끌고서라도 황유나를 데리고 나가자는 뜻이리라.

역시나 그러는 게 좋을 듯싶어서, 철민이 황유나의 곁으로 막 다가설 때였다.

"아, 씨발……! 튀라고 할 때, 재깍 튀었어야지? 인자는 진짜 우리도 모르겠으니까, 알아서들 하쇼!"

MD대근이 다급한 투로 뱉었다. 그리고 다른 MD들과 함께

슬금슬금 뒤로 물러나면서 홀 안쪽 방향을 눈으로 가리킨다. 그쪽에서 지금 한 무리의 사내가 성큼성큼 큰 걸음으로 이쪽을 향해 오고 있었다.

모두 짙은 색의 정장 차림인 대여섯의 그 사내는 흔히 보기 어려운 거구였다.

마치 백두급의 씨름 선수들이 단체로 걸어오고 있는 듯했는데, 그런 모습만으로도 벌써 보는 사람의 기를 짓눌렀다.

덩치들과 조금 떨어져서 좀 전에 서범준에게 당하고 사라졌던 사내 둘이 뒤를 따르고 있는데, 그들이 덩치들에 대해 사뭇 조심스러워하는 모습만으로도 덩치들과의 레벨 혹은 계급의 차이가 확연히 느껴지는 것 같다.

철민 일행과 어느 정도 가까워지자 덩치들은 서로 간의 간격을 벌렸다. 마치 철민 일행의 테이블을 중심으로 넓게 포위하는 듯하다.

덩치들의 그런 기세에 대해, 어쨌든 겉으로는 내내 당당함을 잃지 않고 있던 서범준도, 이윽고는 당황과 긴장의 기색을 드러내기 시작하고 있었다.

"어이! 너그들 어~ 서 왔냐? 뭔 일로 여까지 와서 우리 애들을 건드린다냐?"

테이블 주변으로 쭉 둘러서면서 덩치들 중 하나가 서범준을 손가락으로 가리키며 물었다.

순간 서범준은 대답하는 대신, 주춤 한 걸음 뒤로 물러났다.

철민도 대답하지 않았다.

'어쨌거나 내가 주도적으로 대답할 입장은 아닌 것 같다!'

철민은 그런 심정이었다.

대답은 엉뚱한 데서 나왔다. 아니, 호통이었다.

"이런… 양아치 새끼들이… 어디서 폼을 잡고… 지랄들이
야? 야… 이 깡패 새끼… 들아! 니들… 내가 누군지… 알아?"

황유나였다. 혀 꼬인 황유나!

어이가 없어서이겠지만, 덩치들에게서는 잠깐의 정적이 흐
른다. 그리고 문득 정적을 깨는 굵직한 저음이 들렸다.

"저것들 잡아서 무릎 좀 꿇려봐라! 얼마나 대단한 것들인
지, 홀딱 벗겨놓고 좀 살펴봐야겠다!"

30대 후반쯤의 사내였다. 덩치들 속에서도 사뭇 돋보이는
탄탄한 체구와 느긋한 태도, 그리고 무엇보다 그의 한마디에
덩치들이 즉시 움직이는 것만으로도 사내야말로 덩치들의 보
스라는 느낌이 강하게 들었다.

서범준이 철민의 곁으로 재빨리 다가서며 속삭인다.

"이대론 안 되겠소! 내가 나가서 경찰을 데리고 올 테니까,
잠시만 버티고 있어요!"

그리고 서범준은 철민의 대답을 들을 것도 없이 곧바로 출

입구 쪽을 향해 달려 나간다.

"저 새끼, 잡아!"

날카로운 외침과 함께, 서범준이 달려가는 쪽에 서 있던 덩치 둘이 곧장 통로를 막아선다.

그러나 서범준은 통로 옆의 테이블 위로 뛰어오른다. 그리고 그대로 몇 개의 테이블 위를 밟고 건너뛰면서 덩치들을 피해 곧장 출구로 빠져나간다.

그런 와중에 몇몇 테이블에서 놀란 비명들이 터져 나왔다. 그러나 그런 소동은 다만, 서범준이 도망친 궤적 주변의 일일 뿐이다.

홀의 다른 곳에서는 여전히 마시고 떠들고 흥청거리는 분위기다. 음악은 더욱 신나게 쿵쾅거리고, 무대 위에서는 현란한 싸이키 속에서 군상들이 흥겹게 몸을 흔들어대고 있다.

우리 철민이가 참 잘했어요!

철민은 가만히 서 있었다. 황유나의 곁, 본래의 그 자리에 그대로!

서범준의 판단과 대응이 현 상황에서는 나름대로 현명하고 합리적인 것이라는 데 대해, 그는 대체로 수긍했다. 기분과는 별개로!

그러나 그건 어디까지나 서범준의 판단이고, 서범준의 대응일 뿐이다.

그의 판단은 다르다.

그의 판단은 철저히 황유나에 초점이 맞추어져 있다.

즉, 어떤 상황이라도 그녀를 두고서 그 혼자 움직이는 일은 있을 수 없다. 결코!

덩치들이 다가오고 있다. 그런데도 크게 당황스럽거나 긴장이 되지 않는다는 점에서 철민은 묘해졌다.

하긴, 눈앞에 권총이 겨누어졌던 안산에서의 상황에 비하면, 지금 이 정도로 '크게 당황스럽거나 긴장이 될 건' 없는 것 같았다. 스스로의 능력에 대해 어느 정도 자신이 생긴 것도 있고!

그때 덩치 하나가 성큼 정면으로 거리를 좁혀 든다. 덩치는 시선을 황유나에게로 둔 채, 마치 귀찮은 물건을 치운다는 듯 사뭇 성의 없이 왼손을 뻗어 철민의 어깨를 밀쳐온다.

철민은 허리 힘만으로 버텨본다. 버텨진다. 밀리지 않는다.

덩치는 가볍게 놀라더니, 곧장 오른쪽 주먹으로 철민의 가슴팍을 친다.

그러나 철민이 더 빨랐다.

퍽!

철민의 주먹이 간단히 덩치의 관자놀이에 꽂혔고, 덩치는 비명도 제대로 뱉지 못한 채 그대로 무너져 내렸다.

그걸로 끝이다. 바닥에 얼굴을 박은 채 놈은 미동조차 없었다.

갑자기 정적이 찾아왔다. 쿵쾅대던 음악마저도 멈춰 버린 듯하다. 적어도, 철민의 한 방에 덩치 하나가 거짓말처럼 무너져 내리는 광경을 지켜본 사람들에겐 그랬다.

다시 잠깐의 정적이 지난 후에야 뒤늦게 상황을 경각한 듯, 두 명의 덩치가 철민에게로 쇄도해 온다. 놈들은 자신들의 거구로 철민을 깔아뭉갤 기세로 곧장 덮친다.

철민은 이번에도 서둘지 않고 그가 할 수 있는 유일한 대응을 한다. 완투, 스트레이트가 약간의 시차를 두고 여지없이 덩치들의 관자놀이에 작렬한다.

퍼~ 퍽!

또한 여지없이 덩치들이 허물어진다.

슬비는 아니었다. 아니, 적어도 철민이 의도적으로 슬비를 발동시킨 것은 아니었다. 슬비로 인한 부작용도 전혀 없었고!

다만 그가 사뭇 여유롭게, 그리고 정확하게 총 세 번의 완빤치를 잇달아 꽂아넣을 수 있었을 만큼 덩치들의 움직임이 느려 보여서, 그가 의도하지 않았음에도 저절로 약간의 슬비가 발동이 되었는지는 알 수 없는 노릇이다.

덩치들은 확연히 굳은 기색이었다. 누구도 다시금 선뜻 덤벼들 엄두를 내지는 못하고 있다.

철민은 한 팔로 황유나의 허리를 감아 그녀를 일으켜 세운다.

몸을 가누기 어려운지 그녀가 그의 품으로 안기듯 기대어 온다. 그 와중에도 그녀는 슬쩍 오른손 엄지를 세워 보인다.

철민이 쓴웃음을 지으면서 천천히 한 걸음을 옮길 때다.

"이봐! 그냥 가면 안 되지! 우리 입장도 좀 생각해 줘야 되지 않겠어?"

농담이라도 한다는 듯 가볍게 말을 던진 자는 덩치들의 보스였다.

보스의 가느다란 눈매 주위로 엷게 떠올린 웃음기가 왠지 철민을 불안하게 만든다. 아니나 다를까? 덩치들이 일제히 철민의 앞쪽으로 늘어서며 길을 가로막는다. 언제 꺼내 들었는지 그들의 손에는 족히 30센티미터쯤은 되어 보이는 칼이 쥐어져 있다.

철민은 이마에다 깊은 주름을 만들었다. 겁이 나는 것은 아니다. 문제는 역시 황유다. 덩치들이 이제 칼부림까지 불사할 태세인데, 몸도 제대로 가누지 못하는 그녀를 데리고 어떻게 해야 할지 참으로 막막했다.

그런데 그때였다. 클럽의 출입구 쪽이 갑자기 소란스러워지더니, 10여 명쯤의 무리가 밀집 대형을 이루며 안으로 들어서고 있다.

순간 철민은 길게 안도의 한숨을 내쉬었다. 경찰이었다.

덩치들이 재빨리 칼을 감추면서 슬금슬금 사람들 속으로 스며든다. 그런 중에 MD대근을 비롯한 클럽 MD들과 또 그동안 보이지 않다가 갑자기 어디선가 나타난, 아마도 클럽의 책임자급으로 보이는 서너 명이 경찰들의 앞을 가로막으면서 바쁘게 상황을 설명했다.

철민은 품에 기대어 있는 황유나를 슬며시 떼어놓았다. 경찰들의 뒤쪽에서 서범준이 잰걸음으로 오고 있었다.

"많이 늦지는 않았죠?"

철민의 물음에도 불구하고 서범준의 시선은 황유나에게로 향해 있다.

그런데 그때다.

"우리 철민이가… 참… 잘했어요!"

황유나의 혀 꼬인 소리였다. 이어 그녀는 한 팔로 철민의 어깨를 감싸고 얼굴을 바짝 붙인다.

"그렇지……? 우리… 완빠치?"

순간 철민은 정말로 당황스러워졌다. 이게 뭔가? 어린아이에게 하는 '우쭈쭈~!'인가?

역시나 당황스러운 기색이던 서범준이 슬쩍 끼어든다.

"밖에 차를 대기시켜 놓았으니까, 일단 나갑시다!"

그런데 그 말을 황유나의 혀 꼬인 소리가 다시 받는다.

"아니… 아니! 우린… 택시 타고… 갈 건데……? 그치… 완빠치?"

'아! 그놈의 완빠치 소리 제발 좀 그만해라!'

철민이 차라리 빌고 싶은 심정이었다.

서범준의 표정이 설핏 굳어진다.

철민은 저도 모르게 슬쩍 시선을 돌리고 만다.

"뭐 해… 완빠치? …가자!"

황유나가 보채며 막무가내로 철민의 팔을 잡아끈다.

그걸 핑계로 철민은 서범준에게 가볍게 고개를 숙여 보였다.

"그럼……."

철민은 황유나를 부축해서 곧장 클럽 밖으로 나왔다.

마침 그들 앞으로 빈 택시 한 대가 슬그머니 다가온다.

철민이 황유나를 뒷자리로 밀어넣은 다음 자신도 탄다.

"어디로 갈까요?"

늙수그레한 인상의 기사 양반이 물었다.

"일단 출발하십시오!"

철민의 대답에 백미러 속 기사 양반의 눈가로 문득 묘한 웃음기가 번진다.

철민은 괜히 겸연쩍어지고 만다. 별생각 없이 한 그의 말에 택시 기사는 무슨 상상을 덧입힌 걸까?

제4부
죽음 속으로

제1장
친구

커플 놀이

토요일이다.

철민이 오랜만에 늘어지게 잠이나 잘 요량으로 이불 속에 파묻혀 있는데 휴대폰이 울린다.

황유나다.

—뭐 해?

"뭐, 그냥 시체 놀이······!"

—나와!

"왜?"

—어머, 얘는? 숙녀가 데이트를 신청하는데, 왜가 뭐야? 2주나 못 만났더니 보고 싶어서 그런다, 됐어?

말문이 콱 막힌다. 다시 뭐라고 대꾸를 할 수 있단 말인가?

그는 그녀의 상대가 될 수 없다. 처음부터 끝까지! 그녀가 만나자고 하면 그저 곱게 만나 주는 수밖에!

물론 기분이 나쁘지는 않다.

왠지 뭔가 붕 뜨는 듯한 기분이다.

철민이 황유나에게 잡아끌리다시피 하며 들어선 곳은, 시내의 한 금은방이다.

"여기는 왜……?"

엉거주춤한 철민의 물음에 그녀는 별일 아니란 듯이 말한다.

"커플링 맞추게!"

철민은 가슴이 쿵 내려앉는다. 그가 놀란 가슴을 차라리 타박으로 뱉어낸다.

"얘가 왜 또 이래? 유치한 커플 놀이는 지난번에 다 끝낸 거 아냐? 또 하라고? 안 해! 그렇게 낯 간지러운 짓, 다신 못 해!"

황유나가 두 눈을 샐쭉하니 뜬다.

"얘 좀 봐? 요즘 걸핏 하면 '안 해!', '못 해!' 소리가 아주 입에 붙었어? 누가 보면 날 아주 불쌍한 여자 취급 하겠네? 싫다는 남자 죽어라고 따라다니는 여자로 말이야? 그리고 우리 둘의 관계 설정상 이래선 안 되는 거 아냐? 난 공주고, 넌 용사잖아? 그거 혹시 무효로 된 거야?"

'끙!'

철민의 속에서 절로 된소리가 새어 나왔다. 일단 황유나가 이렇게 나오는 이상, 그로서는 방어 능력을 상실할 수밖에 없는 노릇이다. 그는 아예 입을 닫아버린다.

"커플 놀이를 하자는 게 아니고, 이를테면 방어벽을 하나 더 쳐놓자는 거지!"

그녀가 슬쩍 '달래기 모드'로 바뀌었다.

"그런 거면 너 혼자 해도 되잖아?"

철민이 슬쩍 한 발을 빼 보려 한다.

황유나가 금세 돌변하여 설핏 노려보며 받는다.

"무슨 소리? 매사 불여튼튼! 기왕 할 거면 제대로 해야지!"

철민이 또 뭐라고 할 말이 있겠는가? 다시 묵묵부답일 수밖에!

"싫어?"

황유나가 못을 박듯이 물어왔다.

"아니… 싫다는 건 아니고……."

"그럼 하는 거다?"

그걸로 끝이었다. 처음부터 정해진 빤한 승부의 끝!

철민의 팔짱을 끼며, 그녀가 다시 한 번 쐐기를 박는다.

"근데 아무래도 너 요즘 좀 빠진 거 같아? 공주가 까라면 그냥 까는 거지, 이러니저러니 자꾸 토를 달고 말이야!"

유리관 안에 전시된 물건들 중에서 황유나가 마음에 든다며 고른 것은 18K로 된 심플한 디자인의 커플링이다.

끼워보니 마치 맞춘 듯이 두 사람의 왼손 약지에 딱 맞다.

그런데 황유나는 조금 더 욕심을 내서, 반지의 표면에 뭔가 기념할 만한 글자를 새기고 싶다고 한다.

"뭐라고 새길까?"

그에 철민은 퍼뜩 떠오르는 게 없었다.

그녀도 그에게는 기대하지 않는다는 듯 한참을 곰곰이 생각하더니,

딱!

손가락을 튕겨 경쾌한 소리를 내고는, 메모지에다 몇 글자를 썼다.

철민이 슬쩍 넘겨다보았다.

큰 것 → Love M.N.P

작은 것 → Love M.B.W

"무슨 뜻이야?"

철민은 관심이 있다기보다 무슨 뜻인지 궁금해 물었다.

황유나는 대답 없이 금은방 주인에게 메모지를 넘겨준다.

"사장님! 이대로 새겨주세요! 글씨체하고 크기는 알아서 예쁘게 좀 해주시고요!"

"예, 예! 그런데 작업하는 데 시간이 좀 걸릴 텐데. 내일쯤 찾으러 오시죠?"

"아니에요. 저희가 좀 급해서… 기다렸다가 찾아갈게요!"

"알겠습니다. 그럼 바로 작업에 들어갈 테니까 좀 기다리세요!"

"예! 감사합니다."

금은방 주인이 가게 한쪽 구석에 놓인 작업대로 가고 나서야 황유나가 철민에게 나직한 소리로 말을 했다.

"Love My Noble Princess! 그리고 Love My Brave Warrior!"

아까 철민이 물은 데 대한 답이리라.

그런데 철민은 가만히 뜻을 꿰맞추다가는 그만 얼굴을 붉히고 만다.

사랑합니다, 나의 고귀한 공주님!

사랑합니다, 나의 용감한 용사!

대충 그런 뜻이리라.

다분히 장난기가 섞였을 것이지만, 어쨌든 'Love'가 앞에 붙고, 더욱이 커플링에 새겨지는 문구라고 생각하니, 갑자기 얼굴에 열이 확 오르는 것만 같다.

아무렇지 않은 듯 밀어붙이긴 했지만, 황유나도 조금의 쑥스러움이 있긴 한 모양이다. 말이 없어졌다.

두 사람이 어색한 침묵을 지킨 지 한 30분쯤이나 지났을까?

"다 됐습니다!"

금은방 주인이 그 두 개의 반지를 들고 왔다.

"예쁘다!"

황유나는 일단 탄성부터 터뜨렸다. 그리고 곧장 반지를 끼고는 자랑하듯 철민의 눈앞에 흔들어 보인다.

"어때, 예쁘지?"

철민이 그저 시늉으로만 고개를 끄덕여 보이자, 그녀는 다시 재촉한다.

"뭐 해, 어서 끼워 봐."

철민이 못이기는 체 반지를 끼고 보니, 사뭇 묘한 기분이 든다. 반지는 처음의 그 심플했던 링이 맞나 싶을 정도로 달라 보였다. 얼굴이 은은하게 비칠 정도로 광택이 생겼고, 마치 '반지의 제왕'에 나오는 반지처럼 마법의 언어라도 되는 양 구불구불 고풍스러운 느낌의 글자들이 링을 휘감고 있다.

Love M.N.P 사랑합니다, 나의 고귀한 공주님!

"어디 봐! 와~! 멋지다!"

황유나가 철민의 반지를 낀 손을 이리저리 돌려보며 탄성을 질렀다.

철민이 쑥스럽게 웃고만 있는데, 그녀가 문득 정색을 한다.

"이제부터 반지 빼기 없기다? 절대로! 자! 맹세!"

그러더니 그녀는 먼저 두 눈을 감고는 정말로 맹세라도 하는지 뭐라고 중얼댄다.

그런 그녀를 보며 철민이 어이없어 하다가, 설핏 금은방 주인과 눈길을 마주쳤다.

실실 웃고 있던 금은방 주인이 슬며시 눈길을 피한다.

"얼마입니까?"

철민이 서둘러 계산을 치르고, 황유나의 손을 끌다시피 하며 금은방을 나섰다.

"이거 끼고 있으니까 우리 정말로 약혼한 것 같다, 그치?"

황유나가 들뜬 소녀처럼 계속 재잘댄다.

"누구 혼삿길 막을 일 있냐?"

철민이 투박스럽게 핀잔을 주었다.

그녀는 그제야 커플 놀이를 그만할 생각이 든 듯 문득 정색을 한다.

"아 참! 어제 저녁에 말이야! 전화가 한 통 왔는데, 내 이름과 신분만 확인하고는 그냥 끊어버리더라? 기자일 하다 보면 그런 일쯤 드물지 않긴 하지만, 괜히 좀 찜찜해지더라고! 혹시 그때 그 일과 연관이 있지는 않나? 그런 생각이 들기도 하고! 내가 너무 예민한 거겠지? 다 끝난 일을 가지고 말이야?"

듣고 보니 철민도 좀 켕기는 마음이 든다.

'말을 할까? 사실은 내 사무실 캐비닛 안에 그 물건들이 온전히 다 보관되어 있노라고!'

설핏 망설임이 들기도 했다.

그러나 마침 황유나가 다른 약속이 있어서 그만 가봐야겠다고 하기에, 철민도 다음 기회에 말하지 하고 만다.

가끔씩 술 한잔 사줄 정도의 형편은 되냐?

"Love MNP? 이니셜 같은데… MNP가 누굽니까? Love에다 약지에 끼었으니까 혹시… 결혼하실 분인 모양이죠?"

철민의 손가락에 낀 반지를 본 모양인지 강혁수가 미묘한 웃음기를 번져내면서 슬쩍 던지는 말이다.

그러고 보니 철민이 반지 빼는 걸 깜빡하고, 그냥 낀 채 출근을 했다. 아니, 솔직히는 몇 번이나 빼려고 갈등하다가, 괜한 맹세 탓을 하며 결국 빼지 못한 것이다.

"에이! 결혼은 무슨……! 그냥 그럴 일이 좀 있었어요!"

철민이 대강 뭉개면서 슬그머니 반지를 빼서는 바지 주머니에 넣었다.

강혁수가 짐짓 더욱 노골적인 호기심을 담아 빤히 쳐다본다.

면구스러움에 철민이 뭐라고 한마디 싫은 소리를 쏘아주려 할 때 마침 휴대폰이 울린다.

"여보세요!"

—어이, 나다!

저쪽의 걸걸한 목소리에 철민이 조금은 당황스럽게 되묻는다.

"누구십니까?"

—나라니까?

상대가 그쯤 나오자 철민도 불쑥 불쾌감이 차오른다.

그때 상대 역시도 섭섭하다는 느낌으로 소리를 높인다.

—아! 완빤치! 내 목소리도 모르나?

그제야 철민은 상대가 누구인지 확연히 알 수 있었다. 완빤치! 그를 그렇게 부를 수 있는 사람은 황유나와 또 한 사람밖에 없었으니까!

"아~!"

그런데 반가움의 표시를 해놓고도, 지난번 동창회 모임 이래 아직 그의 이름이 생각나지 않는다는 것에 대해 철민은 짧게 당황스러워하다가,

"짱!"

하고 불렀다.

전화기 저쪽에서 희미하게 웃는 소리가 들린다. 아마도 그 오래된 별명에 대해서는 장본인 역시도 사뭇 어색한 모양이다.

"성철이다, 박성철!"

짱이 제 입으로 이름을 말했다.

"아… 성철이!"

철민이 뒤늦게 불러주었다. 그러나 그 이름은 그에게도 영 어색하고 낯선 느낌이어서, 도무지 '짱'을 대신할 수 있을 것 같지가 않다. 그 때문일까? 박성철, 아니 짱에 대한 반가움마저도 슬그머니 퇴색되어 버리더니, 뒤이어 이런저런 염려가 톡! 톡! 생겨난다.

'왜 전화했지?'

'괜히 구질구질한 부탁이나 하려는 건 아닐까?'

그러나 철민은 미리 색안경부터 끼지는 않기로 했다. 예전 짱이 완빤치라고 불러주었던 그때 이후, 그는 짱에게 뭔가 크

게 신세를 진 듯한 느낌을 아련하게 가져왔다. 그럼으로써 만약 짱에 대한 추억을 그 스스로 빛바래게 만든다면 그의 유년 시절 추억 역시 빈약해지고 말 것이다.

'일단 만나 보자! 만약 구질구질하게 군다면, 그때가서 적당히 관계를 정리하면 그만이다!'

철민이 그렇게 심경을 정리할 때 짱이 물었다.

—어이! 완빠치! 지금 니 있는 데가 어디고? 내가 거기로 가꾸마!

"왜, 무슨 일 있나?"

—일은 무슨? 그냥 얼굴이나 한번 보려고 그런다. 술도 한잔하면 더 좋고!

"그래? 근데… 지금은 내가 멀리 좀 나와 있어서 그러는데, 음! 나중에 저녁때… 한 7시쯤 만나면 어떨까? 장소는 너 편한 데로 정해! 내가 그쪽으로 갈게!"

"오케이! 콜!"

철민은 짱과 마주앉아 술잔을 기울이고 있었다. 시내에서 훌쩍 벗어난 변두리 동네의 작은 술집이었다.

철민도, 짱도 원래 말하기를 즐기거나, 혹은 잘하는 편은 아니다. 서로 "반갑다!", "오랜만이다!" 정도로 간단히 인사를 주고받은 뒤로는, 소주를 4병이나 비우는 동안 거의 묵묵히 술만 마시고 있었다.

"너 지난번에는 별로인 것 같더니, 오늘 보니 술 좀 한다?"

짱이 먼저 긴 침묵을 깼다.

철민은 얼큰하게 오르는 술기운을 더해서,

"훗!"

하고 싱거운 웃음을 흘리고는,

"그래?"

하고 편하게 받아주었다.

짱이 또한 싱겁게 피식 웃더니 불쑥 화제를 돌린다.

"요즘 사는 건 좀 어떠냐?"

"응?"

"살 만하냐고?"

철민은 설핏 애매해졌다. 짱의 물음을 어떤 뜻으로 받아들여야 할지, 조금 당황스럽다고 할까?

그때 짱이 가볍게 덧붙였다.

"가끔씩 나한테 술 한잔 사줄 정도의 형편은 되냐고?"

순간 철민은 설핏 실망스러워지고 말았다. 짱의 전화를 받았을 때 잠깐 색안경을 낀 바도 있지만, 동창회 때 윤수원이 지나가는 말로 짱이 아마도 조폭 비슷한 생활을 하고 있는 것 같다고 슬쩍 흘린 말도 새삼 떠오르면서, 짱의 그 말은 "앞으로 종종 신세를 좀 져도 되겠느냐?"는 정도의 뜻으로 해석

되었다.

그러나 철민은 선선하게 고개를 끄덕여 준다. 짱의 기세에 눌려서는 아니다. 짱이 아직까지 예전의 '감히 맞설 엄두도 내지 못할 존재'인 것은 아닐 테니까! 그도 변했고, 짱도 변했을 테니까!

"오케이! 난 네가 잘될 줄 알고 있었어! 그렇잖아? 나 같은 놈은 요 모양 요 꼴로 살아야 하는 거고, 너처럼 착한 놈은 잘되어야 당연한 거잖아. 안 그래?"

짱이 환하게 웃으며 말했다.

미처 기대하지 못했던 평가에 대해, 철민은 당장 뭐라고 받아줄 말이 떠오르질 않는다.

짱이 짐짓 인상을 써 보이며 덧붙인다.

"그렇더라도 너, 좀 잘나간다고 내 앞에서 너무 어깨에 힘은 주지 마라?"

철민이 쓰게 웃으며 받는다.

"내가 잘나가는 게 뭐가 있다고, 어깨에 힘씩이나 주겠냐? 더군다나 초등학교 동창한테?"

"짜식! 초등학교 동창이 뭐냐? 발음 꼬이게시리! 그냥 친구라고 해라! 우리 친구 아이가? 영화에도 나온 유명한 말인데, 모르냐?"

친구! 그 호칭에 대해선 어쩔 수 없이 약간의 부담이 생기기에, 철민은 그저 담담한 미소로만 받아준다. 그냥 '초등학교 동창' 정도가 적당할 것 같다. 서로에 대한 추억을 좋게 유지하는 정도!

다시 대화가 없어졌다. 두 사람은 소주잔을 비워내는 데 더욱 열중한다.

이윽고 짱은 취했다. 그리고 얘기가 많아진다. 앞뒤 없이 불쑥불쑥, 거의 일방적으로 쏟아내는 얘기들이다.

지금 그가 살아가고 있는 세계에서 그는 더 이상 짱이 아니며, 다만 그저 그런 하나일 뿐이라고 했다. 많이 지쳤고, 조직 생활을 반쯤 접은 상태라고 했다. 완전히 접지 못하고 있는 데 대해서는, 조직이란 게 원래 그가 그만두고 싶다고 해서 순순히 놓아주는 데가 아니라고 했다. 더욱이 주먹 쓰는 것 외에는 달리 할 줄 아는 게 없으니, 그 스스로가 조직을 떠나 살아갈 자신이 아직 서지 않은 것도 있다고 했다. 요즘은 해보고 싶은 게 참 많아진다고도 했다. 평범하게도 살아보고 싶고, 결혼도 해보고 싶고, 아버지도 되어보고 싶고……

짱의 자조에 대해 철민이 공감해 주기는 쉽지가 않다. 그 역시도 취기에 잠식당해 가고 있는 중이기도 하고!

"야! 완빤치! 혹시 내가 필요하면 연락해라! 귀찮게 구는 놈이 있다거나, 법으로는 해결 안 되는 일이 생겼다든지, 그럴 때 말이야!"

짱이 불끈 주먹을 쥐어 보이며 말했다.

철민이 짐짓 취기에 기대며 대충 고개를 끄덕여 준다.

짱이 잔뜩 인상을 쓰며 짐짓 버럭한다.

"짜식이? 그럴 일 없다는 얼굴이네?"

"아니… 그런 건 아니고……!"

"됐다, 인마! 하긴 뭐… 나 같은 놈의 도움이 필요할 일은 없는 게 좋지!"

짱이 자조하는 투로 중얼거렸다. 그러더니 그는 금세 또 목소리에 힘을 준다.

"야, 인마! 내가 비록 이 모양 이 꼴이지만, 그래도 나 아직 안 죽었다? 그리고 다른 사람은 몰라도, 완빤치 니 일이라면 내가 무조건 달려간다! 왜? 우리 친구 아이가? 콜?"

짱이 와락 어깨동무를 하며, 사뭇 거칠게·철민의 어깨를 흔든다.

그 바람에 철민이 얼떨결에 대답을 하고 만다.

"콜……!"

제2장
납치

상문수보(祥門守補)

상문수보는 호텔 7층 룸의 창문을 통해 서울의 아침 전경을 보고 있다.

시가지는 온통 뿌옇게 흐려 있다.

그는 가만히 왼쪽 귓불을 쓰다듬었다.

검은 별, 흑성(黑星)이 차가운 촉감을 전해온다.

무언가 생각을 정리할 때, 흑성을 만지작거리는 것은 그의 오랜 습관이다.

그는 어젯밤 비행기로 서울에 왔다.

그의 신분상, 낯선 한국 땅에 발을 들이는 것은 그 자체로 상당한 위험부담을 감수해야만 하는 일이다.

그럼에도 불구하고 그가 직접 한국에 오지 않을 수 없었던 이유는, 흑사방(黑蛇幇)의 지휘를 맡은 지 얼마 되지도 않은 시점에 벌어진 뜻밖의 사건 때문이다.

물경 2억 달러에 달하는 물건의 분실!

그가 아무리 회(會)의 직계 혈통이라고 해도, 그의 위상이 뿌리째 흔들릴 수 있는 심각한 사건이다.

반드시 회수해야만 한다.

그리고 또 한 가지!

물건의 분실 과정에서 운반을 책임졌던 자의 죽음!

그는 방(幇)의 한국 지부장이자, 또한 그의 휘하 당주(堂主)다.

비록 한족이 아닌 조선족 출신이라고는 해도, 어쨌든 방을 넘어 회(會)의 계보에 올라가 있는 당주 직급인 이상 회의 율법대로 사후 처리를 집행해야만 한다.

받은 만큼 갚아준다!

이번 사건으로 인해 한국 내의 지부(支部) 조직은 와해된 상태이고, 그는 경호원조차 대동하지 않고 단신으로 한국에 들어왔다.

필요한 인력과 조직은 회(會)의 네트워크를 통해 연결된 한국 내 유력 조직의 협조를 받기로 되어 있지만, 그것보다 믿는 것은 중호다.

중호는 죽은 당주의 심복으로 같은 조선족이다. 그러나 그와는 오래전의 짧은 인연이 있고, 그런 덕에 중호의 방과 회에 대한 충성심이 누구보다 강하다는 것을 안다.

그러나 그가 가장 믿는 것은, 바로 그 자신이다.

'속전속결!'

어쨌든 낯선 땅, 낯선 환경이다. 오래 머물수록 위험도가 커질 것은 당연하다. 최대한 빨리 처리하고 신속히 빠져나가야만 한다.

납치

종각역을 지나면서 지하철은 다시 속도를 내고 있다.

황유나는 왼손 약지에 끼워져 있는 반지를 들여다본다.

'Love M.B.W.'

유려한 고어체로 새겨진 문자들을 보며 황유나는 가만히 미소를 떠올렸다. 그러나 그녀의 미소는 이내 흐려진다.

그녀는 지금 서범준을 만나러 가는 길이다. 오늘 기념할 일이 좀 있는데, 함께해 줄 수 있겠냐고 그가 전화를 했었다. 처음에는 간단히 거절하려고 했다. 정말로 눈코 뜰 새 없이 일이 바쁘기도 했고! 그런데 문득 기억 하나가 되살아났다. 그러고 보니 오늘은 그의 생일이었다.

몇 년 전까지만 해도 함께 기억하고, 함께 기념하던 날이었다. 그때는 이상하게도 생일의 그가 외로워 보인다는 느낌을 가지곤 했었다. 대단한 집안과 가족을 가졌고, 늘 많은 사람을 주변에 두고 있으면서도 그는 그녀와 둘이서만 생일을 기념하고 싶어 했었다.

그녀가 결국 그의 부탁을 거절할 수가 없었던 것은 그런 기억 때문이었다. 이미 퇴색해 버린 기억일지라도, 그것에 걸맞은 과정을 거쳐 정리를 해야만 한다는 생각이었다. 그녀와 그, 둘 다를 위해서!

다음은 시청역이라고 안내 방송이 나오고 있다.

그녀는 물끄러미 들여다보고 있던 반지에서 눈을 뗐다. 그러다 설핏 맞은편 자리의 남자와 눈길이 마주쳤는데, 마침 그 남자도 내내 반지를 보고 있는 그녀에게 약간쯤 호기심 어린 시선을 주고 있던 모양이었다.

서른 초반쯤의 나이, 투 블록 스타일의 머리, 우람한 덩치, 노타이 정장 차림에 셔츠의 단추를 두세 개쯤 풀어 헤친 모양새, 눈길이 마주쳤을 때 슬며시 지어내는 느끼한 웃음기.

그녀는 재빨리 남자의 특징을 요약했다. 그리고…

'투 블록!'

이라는 키워드로 일단 규정짓고 나서 기억의 한구석에 저장 시켰다.

그러다가 그녀는 문득 쓴웃음을 흘리고 만다. 습관적으로 이루어진 그 일련의 프로세스는, 기자로서 가지게 된 직업병 이리라.

그녀는 이내 남자에 대해 무시해 버리고, 서둘러 자리에서 일어나 출입구 쪽으로 움직인다.

황유나는 곧장 11번 출구로 향했다. 서범준과는 11번 출구 를 나서면 바로 위치해 있는 커피숍에서 만나기로 했다. 장소 를 정해보라는 그의 말에 즉흥적으로 정한 장소다. 더하여 그 에게도 지하철을 타볼 기회를 줘보고 싶다는 생각도 문득 떠 올랐다.

그리고 또 하나의 솔직한 속내는, 그와는 잠시만 만나 간단 한 축하 인사만 건네고 헤어지려는 것이다. 그리고 멀지 않은 곳에 있는 취재 장소로 이동할 작정이었다.

"유나 씨!"

계단을 올라 막 보도로 나서는 그녀를 부르는 소리가 들렸 다. 서범준이다. 그가 담담히 웃으며 서 있었다.

"커피숍에서 기다리지 않고요?"

"커피숍은 좀 복잡해서… 가까운 호텔 레스토랑에 자리 예약해 놨어요. 거기로 갑시다!"

"저, 그럴 만한 시간적 여유는 없어요. 잠깐 짬을 내 나온 거라니까요?"

황유나가 정색을 했다. 그러나 서범준은 여전히 여유롭기만 하다.

"시간 많이 안 뺏을게요. 커피 한잔할 시간이면 돼요. 30분? 한 시간이면 베리 어프리시에이트고!"

부탁하는 일에 별로 익숙하지 못한 서범준이 어울리지 않게도 넉살까지 보였다.

황유나가 매정하게 자르기는 어려워 가볍게 한숨을 쉬며 말했다.

"딱 한 시간이에요? 그 뒤에는 중요한 인터뷰가 잡혀 있어서 정말로 가야 해요!"

"오케이! 자! 그럼 차로 모시겠습니다!"

서범준이 정중한 제스처를 취하며 말했다.

그러나 서범준의 뜻에 따라주기로 했어도 그 말에 대해서는,

"아니에요! 얘기도 나눌 겸 걷죠!"

하고 간단히 잘라 버렸다. 그런 것은 그에게 지하철을 타볼

기회를 줘보려고 했던 그녀의 생각이 어긋나게 만든 데 대한 소심한 반발인지도 몰랐다.

먼저 성큼 걸음을 내딛는 그녀의 곁으로 서범준이 싱긋 웃으며 따라붙었다.

"안녕?"

누군가 옆으로 따라붙으며 인사를 건넸다. 그 친근한 투에 황유나가 멈춰 서며 뒤를 돌아본다.

우람한 덩치의 사내 하나가 그녀를 향해 느끼한 미소를 보내고 있다.

"예……!"

일단 건성으로 인사를 받고 보는 짧은 동안, 황유나는 어렵지 않게 남자를 기억해 낼 수 있었다. 노타이 정장 차림에 셔츠의 단추 두세 개쯤 풀어헤친 모양새. 그리고 무엇보다 투 블록 스타일의 머리. 바로 조금 전 지하철 안에서 잠깐 마주쳤던 투 블록, 바로 그 남자다.

'기껏 지하철 안에서 잠깐 시선이 마주쳤을 뿐인데 굳이 아는 척을 하는 건 뭐지?'

황유나가 별로 유쾌하지는 않은 재회의 느낌을 가질 때다.

투 블록이 빙그레 웃으며 자신의 어깨를 툭 쳐 보이곤 다시 황유나의 어깨 쪽을 가리킨다.

'내 어깨에 뭐가 묻었다고……?'

황유나는 반사적으로 투 블록이 가리킨 왼쪽 어깨를 보기 위해 목을 돌렸다.

그런데 그때다. 갑자기 투 블록이 성큼 다가든다.

그리고 한순간 그녀는 목에 강한 충격을 받으면서 아찔하니 정신을 놓고 만다.

어느새 다가선 또 다른 사내 하나가 재빨리 그녀를 부축하듯이 안고는, 바로 옆 도로변에 정차하고 있는 밴 차량을 향해 간다.

"무슨 짓이야? 거기 서!"

옆에서 무슨 영문인지를 살피고 있던 서범준이 그제야 놀라 소리치며 황유나에게로 달려간다. 그러나 그는 채 두 걸음도 떼지 못한다. 알지 못하는 사이 뒤로 접근해 온 누군가가 그의 상체를 감싸 안아 가둬버린 것이다. 어떻게 저항해 보기 어려운 우악스러운 힘이다. 그렇더라도 서범준이 순간의 기지를 발휘해 발뒤꿈치로 등 뒤 상대의 발등을 내리찍는다.

"윽!"

짧은 신음과 함께 상체를 옥죄던 힘이 조금쯤 느슨해진다. 그 틈을 타서 서범준은 머리를 힘껏 뒤로 젖힌다.

퍽!

"큭!"

등 뒤의 상대가 비명을 터뜨렸다.

서범준은 재빨리 몸을 빼낸다. 그리고 그때쯤 정면으로 달려들고 있는 투 블록과의 거리를 한눈에 재며, 왼발을 축으로 맹렬히 몸을 회전시킨다. 그의 오른발이 크게 원을 그리며 맹렬하게 투 블록의 얼굴을 후려갈긴다.

그러나 투 블록은 가볍게 몸을 낮추어 서범준의 회전돌려차기를 머리 바로 위로 흘린다. 이어 서범준과의 거리를 바짝 좁힌다.

투 블록이 순간적으로 보인 속도는 서범준이 상상한 것보다 훨씬 빨랐다. 서범준은 회전시켰던 몸의 중심을 미처 바로 잡기도 전에, 명치 부위에 묵직한 충격을 받는다. 순간 숨이 끊어지는 듯한 고통과 함께, 전신의 힘이 쭉 빠지고 만다. 그대로 바닥으로 무너지는 그를 누군가 잡아 세운다. 그러고는 황유나를 태운 밴으로 곧장 끌고 간다.

백주의 대로에서 벌어진 그 한 편의 납치극은 아주 잠깐 동안이었다.

주변을 지나던 몇몇 사람들이 놀란 눈으로 지켜보았지만, 막상 누구도 적극적으로 나서지는 않았고, 그 밴 차량은 빠르게 사라져 갔다.

강철주는 진성S&U 인사기획부 소속의 15년 차 베테랑 운전기사로, 경영혁신팀장 서범준 전무의 승용차를 운전하고 있다.

그는 지금 지하철 시청역 11번 출구에서 조금 떨어진 도로 변에 정차를 하고 있었다.

보통은 그룹 비서실 경호 팀에서 서 전무의 개인 경호를 위해 파견한 경호원 김정호가 함께 수행을 했을 것이나, 오늘은 서 전무가 김정호에게는 따라나서지 말라고 지시를 한 까닭에 그 혼자였다. 아마도 서 전무가 사귀는 아가씨를 만나러 가는 자리에 20대의 젊은 경호원을 데리고 나가는 것이 아무래도 불편했을 것이라고, 강철주는 짐작을 해본다.

창밖으로 보니 서 전무와 아가씨는 아마도 호텔까지 걸어 갈 작정인 모양이다.

차를 타지 않게 되면 곧장 호텔 주차장으로 가서 대기하고 있으란 지시를 미리 받은 터이니, 강철주는 한동안 느긋한 여유를 즐길 수 있게 된 것이다.

'음악이나 틀어볼까? 보자! 좀 경쾌한 게 없나?'

그런데 그가 CD를 고르느라 잠시 한눈을 팔다가 다시 서 전무 쪽을 볼 때였다. 순간 강철주는 두 눈을 부릅뜨고 만다. 어떻게 된 영문인지 서 전무와 아가씨가 앞쪽에 주차된 밴 차량을 타고 있다. 아니, 그들의 자의가 아니라 건장한 사내들에게 끌려 강제로 태워지고 있었다.

"어~ 엇? 저거, 저거……?"

다급한 소리를 뱉어냈지만, 강철주는 막상 아무것도 할 수가 없었다. 차 문을 박차고 나가 서 전무를 구해볼 엄두 같은건, 일개 운전기사에 불과한 그가 감히 내볼 만한 게 못 되었다. 그가 겨우 할 수 있었던 건 덜덜 떨리는 손으로 휴대폰의단축 번호를 누르는 일이다. 평상시 교육받은 대로 김정호에게 연결되는 번호다.

그런데 신호는 가는데 김정호는 전화를 받지 않는다. 게다가 밴 차량이 빠른 속도로 사라지고 있었으므로, 강철주는전화 걸기를 포기하고 급히 시동을 걸고 차를 출발시킨다. 그러나 신호를 무시하고 달아나는 밴 차량을 얼마 추격하지도못하고 놓쳐 버리고 말았다. 그가 망연자실해하고 있을 때 조수석으로 던져놓았던 휴대폰이 울린다.

―강 기사님? 전화하셨네요?

설핏 귀찮다는 기색이 느껴지는 김정호의 전화였다.

"아, 왜 전화를 안 받아? 여기 지금 큰일 났어!"

강철주가 고함을 쳤다.

김정호의 목소리에 대번 긴장이 서린다.

―무슨 일입니까?

"서 전무님이 납치당했어!"

―뭐라고요? 그게 무슨 소리입니까? 자세히 말해보세요! 지

금 거기 어딥니까?

날카로운 물음이 속사포처럼 되돌아왔다.

이거 골치 좀 아프게 생겼는데?

"퉤!"

오종수는 씹고 있던 껌을 신경질적으로 뱉었다. 이 뒷골목
에다 차를 대는 일은 늘 짜증스럽다. 방금도 좁은 이면 도로
에 빽빽하게 들어찬 차들 사이에서 겨우 틈 하나를 발견하고
벤츠를 주차시킨 참이다. 그는 앞쪽으로 보이는 허름한 상가
건물로 향했다.

상가의 지하 주차장 앞을 막아 놓은 플라스틱 펜스 옆쪽의,
사람 하나 빠져나갈 만큼의 틈새를 지나 아래쪽으로 걸어 내
려가면서 오종수는 다시금 잔뜩 인상을 찌푸렸다.

"하여간… 병신 새끼라니? 명색이 이 오종수의 행동대장
쯤 되면 사무실이라도 좀 번듯한 데다 두든지, 이게 무슨 너
구리 소굴도 아니고… 에이, 쪽팔리게……!"

비록 나이 40을 넘기면서 하루가 다르게 앞이마가 넓어지
고 있었지만, 여전히 유지하고 있는 탄탄한 몸매와 말끔한 정
장 차림, 그리고 무스로 세팅해 놓은 단정한 머리가 말해주듯,
오종수는 여전히 깔끔하고도 예민한 성격이었다. 사방 벽체

가 원래의 시멘트 그대로인 휑하게 넓은 지하 공간이 주는 거칠고 황량한 느낌과 현재는 지하 주차장으로 쓰이지 않아 구석진 곳마다 이런저런 잡동사니며 폐품들이 아무렇게나 쌓여 있는 삭막한 풍경은 올 때마다 그의 기분을 다운시켰다.

입구를 지키고 서 있던 건장한 사내 둘이 일제히 90도로 허리를 접는다.

오종수가 고개를 까딱이는 것으로 인사를 받으며 물었다.

"기열이는?"

"안에 계십니다."

오종수는 곧장 안쪽으로 걸어 들어간다. 넓은 폭의 공간 가운데쯤 맨바닥에 제법 거창하게 놓인 응접세트에서 방기열이 벌떡 일어서며 그를 맞는다.

"야! 너? 그 머리 좀 어떻게 해보라고 했어, 안 했어?"

오종수가 군기부터 잡자, 덩치가 한참이나 큰 방기열이 투블록으로 바짝 올려 친 옆머리를 긁적이며 변명처럼 뱉는다.

"아, 그게… 애들이 자꾸 어울린다고 해서 말입니다."

"어울리긴… 개코다, 씨바야!"

오종수가 면박을 주면서 보니, 청테이프로 손발이 묶인 남녀 한 쌍이 소파의 한쪽 구석에 처박히듯이 앉아 있다.

'망할 놈의 영감탱이! 고고하게 놀던 영감탱이가 웬일로 직접 전화를 했을 때, 제대로 통밥을 굴리고 틀었어야 하는 건

데… 니미! 이게 도대체 뭔 짓거리야, 그래?'

오종수는 절로 나오는 한숨을 가만히 불어 내쉰다. 아무리 급하고 중요한 일이라고 해도 명색이 서울의 메이저 조직 중 하나라고 자부하는 종수파의 보스인 그에게는 생면부지에다 족보도 모르는 되놈들의 시다바리 노릇을 하라니? 그것도 묻지도 따지지도 말고 무조건 협조를 해주라니? 니~ 미!

코빼기도 안 보여주고 전화로 해온 되놈들의 첫 번째 협조 요청은, 사람 둘을 잡아달라는 것이었다. 말이 좋아 협조 요청이지, 이건 뭐 그야말로 묻지도 따지지도 말고 '일단 좀 잡아오쇼!'라는 식이었다.

"쟤 입에 붙인 거 좀 떼 봐!"

오종수의 말에 방기열이 얼른 서범준의 입에 붙여 놓은 테이프를 뗐다.

"어이!"

오종수의 부름에 대해 서범준은 대답하는 대신 힐끗 황유나를 돌아보았다. 그러나 지금 이게 대체 무슨 영문인지 모르기는 황유나도 마찬가지였다.

"당신들, 누구야? 대체 무슨 이유로 이따위 짓을 하는 거야?"

서범준이 무거운 목소리로 항변했다.

그러나 오종수 역시도 '무슨 이유'인지를 모르기는 마찬가지다. 다만 나름대로 그려본 소설이 있기는 했다. 되놈들이 영감탱이에게 직접 협조를 구한 것 같고, 또 그 대단한 영감탱이가 밑의 사람을 통하지도 않고 직접 그에게 전화까지 한 걸 보면 아주 급하고 은밀함을 요하는 일임에 분명했다.

'급하고 은밀한 일이라면?'

사고! 모종의 대형 사고가 터진 것이리라.

'뭘 분실한 걸까? 혹시… 엄청난 무엇……?'

불쑥 그런 쪽으로 흥미가 생기지 않았다면, 아무리 영감탱이가 직접 전화를 했다고 하더라도, 어떤 이유를 대서라도 일단 틀고 봤지, "알겠습니다!" 하고 순순히 오케이를 하지는 않았을 것이다.

"어디 있나?"

오종수가 불쑥 물었다.

그에 대해 서범준이 설핏 의아하다는 얼굴로 반문한다.

"뭐가 말이오?"

"그것?"

"그것이라니? 대체 뭘 말하는 거요?"

오종수가 빙긋이 웃으며 받는다.

"몰라? 흐흐흐! 그럼 이제부터 천천히 알아보자고!"

오종수의 입가로 한 가닥 차가운 웃음기가 번진다.

순간 황유나는 문득 소름처럼 엄습해 드는 무엇으로 인해 흠칫 소스라치고 만다.

'혹시……?'

이자들이 찾는 물건이 그것이라면? 그녀와 서범준이 지금 납치되어 있는 상황에 대한 충분한 이유가 될 수 있었다. 그러나 그것은 이미 존재하지 않는 물건이다. 철민이 죄다 변기에다 쏟아붓고 시원하게 물을 내려 버렸으니, 세상에서 아주 사라져 버린 것이다. 문제는, 있는 그대로를 말한다고 해도, 저들은 아마도 그 사실을 믿으려 하지 않을 것이라는 점이다. 무슨 수를 써서라도 물건의 행방을 끝까지 확인하려 할 것이고, 결국에는 철민에게까지 화가 미치게 될 것이다.

황유나는 애써 시선을 돌린다. 스스로의 경악과 당황을 들키지 않기 위해서다.

오종수가 서범준에게 얼굴을 바짝 가져다 대면서 목소리를 낮춘다.

"이봐! 너희 둘쯤 죽여서 쥐도 새도 모르게 처리하는 건 일도 아냐. 아직 새파랗게 젊은 나이들인데, 재미난 것들 맘껏 해보지도 못했을 텐데, 허무하게 죽으면 너무 억울하잖아? 안 그래? 순순히 불면 곱게 돌려보내 줄게! 그러니까 괜히 어렵게 가지 말고, 쉽게 좀 가자고! 나도 피 보는 거 별로 안 좋아하거든!"

서범준은 섬뜩한 위협을 실감하지 않을 수 없었다. 그러나 조금만 더 버텨 보기로 했다. 지금 잔뜩 굳어 있는 표정과 꽉 다물린 입매를 보니 분명 이 상황에 대해 무언가를 알고 있는 듯 보이는 황유나를 위해서! 조금만, 조금만 더!

서범준이 입을 꽉 다물고 있자, 오종수는 이윽고 낯빛을 차갑게 굳힌다.

"새끼가 사람 말귀를 못 알아 처먹네? 꼭 피 맛을 봐야 살려달라고 빌래?"

찰칵!

오종수의 손바닥 위에서 잭나이프 한 자루가 날카로운 칼날을 드러냈다. 오종수는 잭나이프의 칼날을 곧장 서범준의 턱 밑으로 가져다 댄다. 칼날이 서범준의 턱 밑을 천천히 긋고 지나가면서 희미하게 붉은 선이 만들어진다.

황유나는 차라리 두 눈을 꽉 감는다.

서범준은 여기까지가 자신이 버텨 볼 수 있는 현실적인 한계라고 선을 긋는다. 더 이상은 무모함일 뿐이다.

"잠깐… 잠깐만! 뭔가, 뭔가 큰 오해가 있는 것 같소!"

그러나 오종수는 칼날에 조금의 힘을 더 가하면서 냉소로 받는다.

"새끼! 오해 같은 소리하고 자빠졌네!"

주르륵!

서범준의 목선을 타고 가느다란 핏줄기가 흘러내린다. 그 차갑고도 섬뜩한 느낌에 서범준이 흠칫 소스라치며 다급하게 말을 토해낸다.

"나는… 진성그룹 계열사인 진성에스엔유의 전무이사 서범
준이오!"

"전무이사? 그래서 뭐 어쩌라고, 새꺄?"

오종수가 차갑게 빈정거렸다. 그러나 그는 곧바로 되묻는
다.

"뭐, 진성그룹?"

"그렇소. 진성그룹 회장이 내 아버지요!"

오종수의 두 눈이 커진다. 이어 그는 방기열을 돌아보며 급
하게 소리친다.

"야! 얘네 소지품 좀 가져와 봐라!"

방기열이 얼른 종이 가방 하나를 챙겨온다. 그 안에 들어
있던 남자 지갑에서 명함 한 장을 꺼내 든 오종수의 표정이
설핏 굳어진다.

진성그룹. 진성 S&U Co.Ltd, 경영혁신팀장 전무이사 서범준

서범준이 정말로 진성그룹 계열의 진성S&U라는 회사의 전
무이사임을 확인해 주는 문구였다.

오종수는 다시 서범준의 휴대폰을 켜서 등록된 전화번호
목록을 뒤진다. 그러자 진성그룹과의 연관성을 추정해 볼 수

있는 소속과 직책들이 다수 나온다. 심지어 그중에서는, 과거 그와 잠시 안면을 텄던 진성그룹 소속 모 임원의 이름도 포함 되어 있다. 진성그룹 쪽의 냄새나는 일 몇 건을 처리해 주고 짭짤하게 사례를 챙겼던 인연이다. 어쨌든 그럼으로써 이제 갓 서른쯤의 나이에 진성그룹 계열사의 전무이사라는 직함을 가진 서범준이 진성그룹 회장의 아들내미라는 말은 의심하기 어려울 정도의 신빙성을 가지게 되는 것이었다.

'니미……! 이거 골치 좀 아프게 생겼는데……?'

추적

서범준이 납치된 사실을 보고받은 즉시 진성그룹 비서실은 회장 직보(直報) 체제의 비상 대책 팀을 꾸렸다.

국내 경호 분야에서 자타가 공인하는 실력과 그에 어울리 는 화려한 이력을 보유한 경호 전문가이자, 현재 그룹 보안실 의 책임자로 있는 장기혁 상무가 팀장을 맡았다.

장 상무는 운전기사 강철주가 메모해 둔 차량 번호로 발 빠 르게 납치범들의 차량을 수배했다. 우선은 납치 장소 인근의 CCTV 영상들을 확보했는데, 진성그룹의 파워와 장 상무 자신 의 개인적인 인맥이 전방위로 동원되었다.

그러나 수배 차량은 도난 신고가 된 것으로 밝혀졌고,

CCTV 영상들은 납치범들의 인상착의를 확정 지을 만큼 해상도가 선명하지는 못했다.

*   *   *

"장 상무! 좀 진전된 사항이 있소?"

진성그룹 사옥 29층의 통제실로 들어서면서 초조하게 묻는 이는 그룹 총수인 서대근 회장이다. 서 회장의 얼굴은 퍼석퍼석하니 말라 있다.

"범인들이 접촉해 오기를 기다리고 있습니다만, 아직까지는 아무런 연락이 없습니다."

"도대체 놈들의 목적이 뭐란 말인가? 뭔가를 노리고 사람을 납치했으면, 이제쯤에는 무슨 연락이 와야 하는 것 아니오?"

"아직 우리 쪽의 동향을 살피고 있는 중으로 보입니다. 그리고 놈들의 목표가 서 전무가 아니라, 함께 납치된 황유나 기자일 가능성도 배제할 수 없기에, 일단 황 기자의 부친과 직장에 필요한 조치들을 취해 놓았습니다."

"음……!"

"통신 추적에도 만반의 태세를 갖추고 있습니다. 지금은 꺼져 있는 서 전무와 황 기자의 휴대폰이 일시적으로라도 켜질 가능성에 대비하여, 그룹 내외의 모든 역량들을 총동원시켜 놓고 있는 중입니다."

무거운 표정으로 듣고 있던 서 회장이 이마에 굵은 주름을 만들어낸다.

"아무리 총력을 기울인다고 해도, 우리 쪽의 역량만으로는 아무래도 한계가 있을 수밖에 없을 텐데… 지금이라도 경찰에 신고해서 공조를 취하는 게 낫지 않겠소?"

장 상무가 조심스럽게 받는다.

"범인들이 아직 움직이지 않고 있는 이상, 지금 시점에서 경찰이 개입한다고 해도 그 수사 범위는 지극히 제한적일 수밖에 없습니다. 뿐만 아니라, 자칫 범인들을 자극하는 상황이 벌어지는 경우에는 인질들의 안전이 위협받을 소지가 큽니다."

"그렇다고 이렇게 무작정 기다리고만 있자는 거요?"

"통상적으로 어떤 목적을 가지고 납치한 경우, 사건 발생 시점을 기점으로 보통 열두 시간 안에는 어떤 형태로든 움직임을 보이게 되어 있습니다. 사건이 발생한 지 이제 다섯 시간이 지났으니, 몇 시간쯤 더 기다려 보는 게 좋겠다는 판단입니다. 그리고도 상황에 변화가 없다면 그때는 어쩔 수 없이……."

말끝을 흐리는 장 상무를 노려보던 서 회장이 다시 입을 열려고 할 때였다.

"휴대폰 전원이 켜졌습니다!"

누군가 나직이 외쳤다.

그 소리에 장 상무가 곧장 그쪽으로 달려간다.

"누구 거야?"

"서 전무님 겁니다."

"발신지 추적해!"

통제실 내의 공기가 대번에 팽팽한 긴장 속으로 빠져든다.

'니미!

서범준의 휴대폰 전원을 끄면서 오종수는 지그시 어금니를
깨문다.

대한민국 재계 서열 3위 안에 드는 재벌 그룹의 2세를 납치
했다.

더욱이 이제 곧 되놈들에게 넘겨야 하는데, 그러고 나서 그
놈들이 인질들을 살려서 돌려보내리라는 보장은 없다.

위험천만하기 그지없는 일에 발을 담근 것이다.

그러나 어차피 이제는 발을 빼기도 어렵게 되었다.

'영감탱이의 지시가 있었던 것이니만큼, 나중에 문제가 생기
더라도 일차적으로는 영감탱이가 어느 정도 감당을 해줄 것
이다!'

나중에 피할 구멍이 미리 그려지기는 한다.

한편으로는 그만큼 큰 건수라는 확신이 들기도 한다.

'시파! 인생 뭐 있어? 깨질 때 깨지더라도, 왔다 싶으면 일단

붙잡고 보는 거지!'

"신호가 꺼졌습니다."

하는 보고에, 장 상무가 급하게 확인한다.

"위치 나왔어?"

"신월동으로 나왔습니다."

"신월동? 신월동 어디?"

"신월 7동 하나은행 부근입니다. 그런데 기지국 밀도가 상대적으로 낮은 지역이라, 약 1.5㎞ 반경 정도의 오차 범위는 감안해야 할 것 같습니다."

"음……!"

장기혁 상무가 저도 모르게 탄식을 뱉고 말았다. 반경 1.5㎞면 직경 3㎞다. 그 정도의 면적을 샅샅이 훑는다는 것은, 그야말로 서울에서 김 서방 찾는 격이다. 그러나 탄식만 하고 있을 수는 없다.

"지원 가능한 인력을 전원 비상소집 해! 목표 지역의 끝에서 끝까지 이중 삼중으로 교차하여 샅샅이 훑는다!"

장 상무의 지시에 통제실이 분주해지기 시작한다.

"마지막으로 한 번만 더 묻는다. 만약 이번에도 제대로 대답이 안 나오면, 재벌 회장 아들이 아니라 대통령 아들이라도 목에다 분수대 하나 만들어 준다? 자! 그것, 지금 어디 있어?"

오종수는 다시 잭나이프의 칼끝을 서범준의 목에다 댄다. 그리고 지그시 누른다.

"도대체… 그게 뭘 말하는지를 알아야 대답을 하든지 말든지 할 거 아닙니까?"

서범준이 항변했다.

순간 오종수의 잭나이프가 천천히 움직인다.

따끔한 통증과 함께 뭔가 목덜미를 적셔 드는 축축한 느낌에, 서범준은 곧장 공포에 빠져들고 만다.

"잠깐만! 잠깐만요! 다시 생각해 보겠습니다. 그러니까 조금만, 조금만 더 자세히 말해주십시오!"

서범준이 다급하게 호소했다.

그러나 오종수는 대답 대신 잭나이프를 잡은 손에 더욱 힘을 준다. 곧바로 피가 흥건하도록 줄기를 이루며 서범준의 목을 타고 흘러내린다.

"으… 윽! 그만! 그만! 제발……!"

서범준이 절규하며 애원할 때였다.

"그만둬요! 그 사람은 정말로 아무것도 몰라요!"

떨리는 목소리로 외친 것은 황유나였다.

오종수는 살 떨리는 흥분을 애써 진정시킨다.

그의 직감이 맞았다.

급하고 은밀한 일! 모종의 대형 사고는 바로 마약이었다. 그것도 엄청난 규모의!

다시 만나기 어려운 기회가 바로 눈앞에 와 있다.

이 거칠고 더러운 바닥에서 벗어나, 영감탱이처럼 용이 될 수도 있는 기회다.

물론 커다란 위험을 동반한 기회다.

지금껏 온갖 거칠고 더러운 일을 마다하지 않고, 그야말로 천신만고 끝에 이루어낸 그의 모든 것이 한순간에 날아가 버릴 수도 있다.

그러나 인생 한 방! 아니던가?

부르르!

휴대폰이 울렸다. 액정에 뜨는 번호를 보고 오종수는 최대한 침착하게 통화 버튼을 누른다.

"벌써 일을 처리하고도 남을 시간인데, 왜 연락이 없는 거요? 혹시 무슨 일 생긴 것 아니오?"

묵직한 목소리가 압박하듯이 튀어나왔다.

오종수는 짧게 숨을 들이쉰 다음에 차분하게 받는다.

"우리 애들이 인질을 확보했다는 보고는 이미 받았소. 다만 도로가 막히는 바람에 오는 데 시간이 좀 지체되고 있는 중인데,

이제 거의 다 왔다고 하니까 조금만 더 기다리면 될 것 같소."

"그럼 그렇다고 중간보고라도 해주어야 할 것 아니요?"

'보고? 이런 개새끼 좀 보소? 누굴 지 똘마니로 아나?'

연이은 상대의 채근에 오종수는 순간 울컥 치미는 게 있었다. 그러나 그는 애써 덤덤하게 받는다.

"경황이 없다 보니 그렇게 되었소. 어쨌든 이제부터라도 시간이 나는 대로 전화를 하도록 하겠소."

툭!

일방적으로 전화가 끊겼다.

"이런 개새끼가……? 어떤 상판대가리인지 만나면 확 포를 떠버릴라!"

오종수가 참았던 욕지거리를 뱉어냈다. 그러나 당장에 마음이 급해진다. 이런 일일수록 철저히 앞뒤를 재야 한다. 그리고 이중 삼중의 안전장치를 깔아둬야 뒤탈을 없앨 수 있다. 그러나 지금은 도저히 그럴 경황이 없다. 저쪽에서 눈치를 긁기 전에 속전속결! 무리수가 생기더라도 속전속결로 치고 나가야만 한다.

'일단 물건만 낚아채면, 곧장 물 건너로 튀어버리는 거다!'

그거 다시 반납해라!

[공주님]

황유나로부터의 전화였다.

"여보세요?"

철민은 괜히 심드렁하게 받았다. 그런데 평상시 같으면 당장에 당찬 반응이 돌아왔을 텐데, 웬일로 뜸을 들이는 느낌이다. 그러더니 무슨 기계음 같은 게 나면서 그제야,

―나야!

하는 소리가 힘없이 흘러나왔다.

순간 철민은 뭔지 모를 이상함과 불안감을 동시에 느꼈다.

"목소리가 왜 그래? 무슨 일 있어?"

그러나 철민의 긴장과는 무관하게 황유나의 목소리는 여전히 낮게 처져 있었다.

―도와줘! 나 지금 범준 씨랑 함께 이 사람들에게 잡혀 있어!

"뭐, 그게 무슨 소리야? 너 지금 어디야?"

이윽고 철민은 고함을 지르고 말았다.

뚝!

전화가 끊어졌다.

심장이 격하게 벌렁거리는 와중에 철민의 머리가 맹렬하게 돌아간다. 그때 다시 휴대폰이 울린다. 황유나의 번호는 아니고, 모르는 번호다.

"여보세요?"

─김철민?

낯선 남자의 목소리였다.

철민이 애써 진정하며 반문한다.

"누구십니까?"

─묻는 말에만 대답해라! 김철민 맞나?

남자의 위압적인 물음에 철민이 일단은 순순히 대답을 한다.

"그렇소! 내가 김철민이요!"

─간단하게 얘기하지! 네가 우리한테 가져간 물건! 그거 다시 반납해라! 안 그러면 여자는 죽는다!

"아니… 그게 무슨 얘기요? 여보세요? 이봐요?"

전화가 일방적으로 끊겼다.

철민은 그대로 패닉에 빠지고 만다. 머릿속이 횡하다. 그러나 이내 어지럽도록 돌아간다.

'마약이다! 저쪽에서 반납하라는 물건은 마약일 것이다. 마약을 되찾으려는 놈들이 그녀를 납치한 것이다. 그런데… 황유나에게는 마약을 없애 버렸다고 말했었는데……? 아마도 놈들의 협박에, 내가 여전히 마약을 가지고 있다고 말한 모양이다. 그럴 수밖에 없었을 것이다. 절박한 와중에 그렇게라도 말하는 것 외에는 다른 방법이 없었을 것이다.'

그때였다. 다시 휴대폰이 울린다.

—여자가 다치는 걸 바라지 않는다면, 시키는 대로 해라!

위협조로 낮게 깔리는 목소리는 좀 전의 그 남자였다.

철민이 다급하게 대답한다.

"알겠습니다! 하라는 대로 다 할 테니, 사람만 다치지 않게 해주십시오!"

—장소를 지정해 줄 테니, 지금 즉시 물건을 가져와라!

"먼저 사람이 안전한지부터 확인해야겠습니다. 녹음된 목소리 말고, 직접 통화를 하게 해주십시오!"

철민의 조심스러운 말에 당장 날 선 대답이 돌아온다.

—새끼! 이년 입에서 당장 돼지 멱따는 소리 나오는 걸 듣고 싶어?

"아, 아닙니다. 그런데 물건을… 지금은 안 가지고 있습니다."

—허튼수작 부리지 마!

"정말입니다. 그런 물건을 아무 곳에나 함부로 둘 수는 없지 않습니까?"

남자가 잠시 틈을 두고 나서 다시 말을 꺼낸다.

—30분! 정확히 30분 후에 다시 전화를 하겠다. 만약그때까지 물건이 준비되어 있지 않다든지, 조금이라도 허튼수작을 부린다면 각오해야 될 거다!

"저기… 제가 아무리 빨리 움직여도 30분은 너무 촉박합니다. 최소한 한 시간은 주셔야……"

—닥쳐! 명심해라! 정확히 30분이다!

그리고 남자는 전화를 끊어버렸다.

철민은 길게 한숨을 뱉는다. 마음은 다급한데, 막상 무엇을 어디서부터 어떻게 시작해야 할지 몰라 머릿속이 뒤죽박죽으로 얽혀든다.

'경찰에 신고를 해야 하나?'

그러나 그럴 엄두는 도저히 나지 않는다. 지난번에 겪어봤거니와, 얼마나 거침없고 잔인한 놈들이던가? 무슨 짓이라도 벌일 것이다. 자칫 경솔했다가는 돌이킬 수 없는 극단의 사태가 벌어지고 말 것이다.

'경찰 외에 도움을 청할 만한 데는?'

우선 강혁수와 한상운이 떠오른다. 그러나 그들에게 뾰족한 방법이 있으리라고 기대하는 건 아무래도 무리였다.

『완빤치』 5권에 계속…

초대형 24시 만화방

신간 100%, 샤워실, 흡연실, 수면실(침대석), 커플석, 세탁기 완비

■ 강북 노원역점 ■

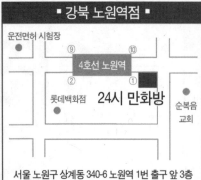

서울 노원구 상계동 340-6 노원역 1번 출구 앞 3층
02) 951-8324 (화용빌딩 3층)

■ 일산 정발산역점 ■

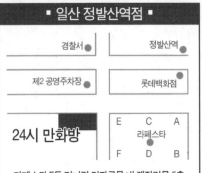

라페스타 E동 건너편 먹자골목 내 객잔건물 5층
031) 914-1957

■ 일산 화정역점 ■

경기도 고양시 덕양구 화정동 984번지 서일빌딩 7층
031) 979-4874 (서일사우나 건물 7층)

■ 부천 역곡역점 ■

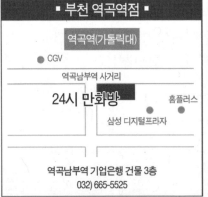

역곡남부역 기업은행 건물 3층
032) 665-5525

■ 부평역점 ■

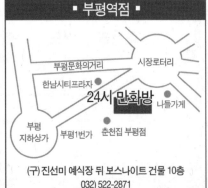

(구)진선미 예식장 뒤 보스나이트 건물 10층
032) 522-2871

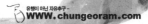

이계진입
리로디드

임경배 퓨전 판타지 소설

FUSION FANTASTIC STORY

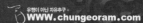

박선우 장편소설
FUSION FANTASTIC STORY

Wonderful
Life

멋진 인생

태어나며 손에 쥔 것이라고는 가난뿐.

그러나 내게는 온몸을 불사를 열정과
목숨처럼 소중한 사랑이 있었다.

『멋진 인생』

모두가 우러러보는 최고의 직장이자 가장 치열한 전쟁터,
천하그룹!

승진에 삶을 바친 야수들의 세계에서 우뚝 서게 되는
박강호의 치열하지만 낭만적인 이야기!

Book Publishing CHUNGEORAM

강준현 장편소설
FUSION FANTASTIC STORY

인생을 바꿔라

『복수의 길』, 『개척자』 강준현 작가의
2016년 신작!

자신이 무엇인지 알지 못하는 정신체, 염.
세상을 떠돌며 사람의 몸속으로 들어가
에너지를 얻고 나오길 반복하던 어느 날.

사고로 인한 하반신 마비, 애인의 이별 선언.
삶에 지쳐 자살하려는 김철의 몸에 들어가게 되는데……

"뭐, 뭐야! 아직도 못 벗어났단 말이야?"

새로운 삶을 살리라,
정처 없이 떠돌던 그의 인생 개척이 시작된다!

"어떤 삶인지 궁금하다고? 그럼 한번 따라와 봐."

Book Publishing CHUNGEORAM

유행이 아닌 자유추구 -
WWW.chungeoram.com

궁극의 쉐프

가프 장편소설

ultimate chef

FUSION FANTASTIC STORY

태초의 우물에서 찾은 사막의 기적.
사람의 식성과 식욕을 색으로 읽어내는 능력은
요리의 차원을 한 단계 드높인다.

『궁극의 쉐프』

요리란!
접시 위에 자신의 모든 것을 담아내는 것.

쉐프란!
그 요리에 자신의 가치를 증명하는 사람.

"요리 하나로 사람의 운명도 좌우할 수 있습니다."

혀를 위한 요리가 아닌, 마음을 돌보는 요리를 꿈꾸는
궁극의 쉐프 손장태의 여정이 시작된다!

Book Publishing CHUNGEORAM

철순 장편소설
FUSION FANTASTIC STORY

괴물 포식자

지구 곳곳에 나타난 차원의 균열.
그것은 인류에게 종말을 고하는 신호탄이었다.

『괴물 포식자』

괴물을 먹어치우며 성장한 지구 최강의 사내, 신혁돈.
그는 자신의 힘을 두려워한 인류에 의해
인류의 배신자라는 낙인이 찍히고 죽게 되는데…

[잠식이 100%에 달했습니다.]
[히든 피스! 잠들어 있던 피닉스의 심장이 깨어납니다.]

불사의 괴물, 피닉스의 심장은
신혁돈을 15년 전으로 회귀하게 한다.

먹어라! 그리고 강해져라!
괴물 포식자 신혁돈의 전설이 시작된다!

Book Publishing CHUNGEORAM

유행이 아닌 자유추구 -
WWW.chungeoram.com